Marisa Potamitis

Eintauchen in Zyperns Seele

Marisa Potamitis

Eintauchen in Zyperns Seele

*Leben zwischen
Gelassenheit und Galgenhumor*

Bibliografische Information der Deutschen Nationalbibliothek:
Die Deutsche Nationalbibliothek verzeichnet diese Publikation
in der Deutschen Nationalbibliografie; detaillierte bibliografische
Daten sind im Internet über http://dnb.dnb.de abrufbar.

Satz, Umschlaggestaltung, Illustration und Lektorat:
Knut Diers, Buenos Diers Media
Fotos: Sofronis Potamitis
Herstellung und Verlag: BoD – Books on Demand, Norderstedt

ISBN: 978-3-7494-3725-2

Ich habe dieses Buch
für meine Kinder geschrieben.

Andi, Melina und Nikitas –
ihr seid meine Felsen in der Brandung!

Inhalt

Innenansichten

Alles Glück dieser Erde – und wie es zu uns kam

Haben Sie schon einmal einen Polizisten auf dem Tisch im Wirtshaus tanzen sehen? Wissen Sie, was *Kopiaste* heißt? Und können Sie sich vorstellen, wie ich mir als Schweizerin einen Platz in Zyperns Männerwelt erobern konnte? Die Insel der Aphrodite strahlt, und bei mir lesen Sie, warum. Wie denken die Einheimischen, was treibt sie an, woher rührt ihr Handeln? Ich konnte in den bald 30 Jahren, die ich mittlerweile auf Zypern lebe, vielfältige und tiefe Einblick in die Seele der Menschen gewinnen, wofür ich sehr dankbar bin. Was ich mit meiner eigenen, kleinen Familie, unseren drei Kindern, den Dorfbewohnern, unseren geliebten Tieren und unseren Gästen erlebt habe, füllt viele Seiten auf spannende Weise. Dabei war Zypern im Weihnachtsurlaub 1988 für meine Schwester und mich nur zweite Wahl. Sie lesen, warum wir auf der Sonneninsel froren, warum sie uns dennoch sofort ans Herz wuchs, und ich mich dann verliebte – in die Insel und in Sofronis. Inzwischen sind wir schon lange verheiratet. Aber dieses Buch ist mehr als eine Liebesgeschichte.

Ich führe Sie durch unser Dorf Kalavasos. Dort haben wir traditionelle Häuser zu Ferienhäusern umgebaut. Mein Mann steht für den Agrotourismus auf der Mittelmeerinsel; die Cyprus Villages (*www.cyprusvillages.com.cy*) sind sein Lebenswerk. Anschaulich wird dabei, was sich an dramatischen Veränderungen in den Dörfern vollzieht, wie aber die

Kultur und Lebensart zu retten sind. Dabei schwankt das Leben hier zwischen Gelassenheit und Galgenhumor. Dann geht es um unsere Hochzeit, meine umwerfenden Erlebnisse beim Physiotherapeuten oder um die Kerne im Granatapfel. Es sind genau 613! Überhaupt unser Essen: Die Liebe zu Zypern findet ihren Weg über den Gaumen. Auf dem werden die Geschmacksknospen verwöhnt von wildem Spargel, Kapern, *Halloumi*-Käse (der quietscht) oder auch Linseneintopf. Köstlich! Was Bamies oder Ladyfingers sind, erfahren Sie auch (mit Rezept). Dann gibt es hier den legendären Five Kings Brandy. Wir nehmen ein Gläschen zur Probe.

Es sind die kleinen Abenteuer im Alltag, die zählen. Sie werden staunen. Ich muss oft lachen, wenn ich wieder mal als Schweizerin alles zu genau nehmen will. Und schauen Sie sich meine Pferdefarm an. Sie ist mein Markenzeichen. Auf dem Rücken der Pferde liegt – Sie wissen es – alles Glück der Erde. Das spüren Sie hier sogar, und zwar mit und ohne meine geliebten Vierbeiner! Seien Sie lebensfroh, kommen Sie zu uns unter die Olivenzweige!

Marisa Potamitis

Saftige Farben – Frühling auf Zypern

Ein Zufall führte nach Zypern

1988 – wie alles begann

> LEICHT VERFROREN IM SONST WARMEN ZYPERN, EIN FREUND-
> LICHER SOFRONIS UND ATEMWÖLKCHEN VOR DEM MUND.
> WIE MEINE SCHWESTER UND ICH 1988 AUF DER MITTEL-
> MEERINSEL ANKAMEN.

Auf zum Kameltrip durch Tunesien, dachten meine Schwester und ich. In der Sonne ausspannen zu Weihnachten und Neujahr! Das war 1988. Doch komisch, alles, was wir toll fanden, war schon ausgebucht. Wir suchten also auf die Schnelle nach Alternativen. Zypern? Okay, warum nicht? Ich war 20 Jahre alt, komme aus Männedorf im Kanton Zürich und hatte noch nicht so viel von der weiten Welt gesehen. Aber Zypern im östlichen Mittelmeer? Liegt das nicht zu weit weg von zu Hause?

Gut, wir fanden etwas, das nannte sich „Wohnen im traditionellen Dorf". Ich konnte mir so gar nicht vorstellen, was das bedeutete. Hatten wir das nicht zu Hause auch schon bei uns in der Schweiz? Ich beschloss, mich einfach überraschen zu lassen. Meine ältere Schwester Daniela buchte die Tickets, und kurz nach Weihnachten 1988 startete unser Flieger Richtung Larnaca auf Zypern. Bei der Landung waren wir entsetzt. Sollte es nicht die Sonneninsel sein, im Winter angenehm mild? Jetzt aber war es dunkel und neblig. Naja, kann ja noch besser werden!

Ein Bus brachte uns in etwa einer halben Stunde Fahrt nach Kalavasos, ein kleines Dorf irgendwo im Hinterland. Was wird uns zwei junge Frauen – unerfahren im Reisen, unvorbereitet und fern der Heimat – wohl erwarten? Wir konnten durchs Busfenster allerdings nicht viel erkennen, es war ja alles ziemlich dunkel. Wir sahen einen Platz, Steinhäuser und gepflasterte Straßen. Dann stiegen wir aus.

Doch was war das? Ein junger Mann begrüßte uns total herzlich. Er führte uns durch die dunklen Gassen. Wir scherzten und lachten. Angst hatten wir nicht. Uns beschäftigten die wichtigen Frauenfragen: Haben wir auch wirklich alles mitgenommen, was wir brauchen? Und sind wir richtig gekleidet die nächsten Tage? All die Badesachen, kurzen Hosen und Blusen, würden wir die überhaupt brauchen? Es wehte nämlich ein eisiger Wind, und Nieselregen ruinierte unsere Frisuren. Mit unseren leichten Jäckchen froren wir ganz erbärmlich und freuten uns auf unsere traditionelle zypriotische Wohnung. Wir folgten dem jungen Mann und einem leichten Lichtschein. Bald darauf fanden wir uns in einem großen Innenhof mit Blumentöpfen und Bäumen wieder.

„Das ist das Giatros House, und das da ist eure Wohnung", verkündete Sofronis stolz. Dieser junge Mann, wohl so um die 25 Jahre alt, wie wir meinten, zeigte uns den Eingang und machte sich sogleich an einem großen Kasten zu schaffen. „Das ist eure Gasheizung. Ihr werdet sie wohl brauchen", nahm er die Antwort auf unsere noch nicht gestellten Fragen nach der sibirischen Kälte vorweg. Wir wollten doch in die Sommerfrische im Winter, Zypern halt. Sofronis erklärte es so: „Normalerweise ist es um Weihnachten nie so kalt, das ist eine absolute Ausnahme ..."

Eine kleine Gasflamme flackerte auf und gleich darauf zischte und spuckte die Heizung. Wohlige Wärme machte sich rasch bemerkbar. „Lasst sie nachts aber niemals laufen. Ihr müsst sie immer ausstellen, sonst wird's gefährlich", mahnte er uns. „Morgen um acht Uhr bringe ich euch das Frühstück." Gleich darauf ließ er uns alleine. Wo waren wir gelandet? In einem heizbaren Eisschrank auf einer fernen Insel, die nichts mit Tunesien zu tun zu haben scheint. Da sollten es immerhin 20 Grad sein, und hier? Gut, wir schauten uns in der Wohnung um. Eine große Küche mit Tisch und Stühlen und eine antike Kommode gefielen uns schon einmal. Es war ein bisschen wie zu Hause. Voller Elan machten wir uns einen Tee. Nun hatten wir auch etwas Warmes in den Händen. An die Heizung gekuschelt genossen wir unser Ferienfeeling und freuten uns auf die vielen Abenteuer, die wir in der zypriotischen Landschaft erleben wollten. Dazu hatten wir uns schon von zu Hause ein Mietauto gebucht, das wir am nächsten Tag erhalten sollten.

Aber zunächst mussten wir noch mit unserer neuen Umgebung warm werden. Zum Badezimmer gelangten wir durch den Innenhof. Das hieß also: Kälte. Das Wasser in der Dusche? Leider wollte es einfach nicht warm werden, und wir putzten uns auch die Zähne mit Eiswasser. Im Schlafzimmer konnten wir sehen, wie aus unserm Atem kleine Wölkchen wurden. Hatten wir ein wenig winterliche Schweiz mitgebracht? Oh je: In unseren Betten war es kälter, als wir beide es je erlebt hatten. Kein Wunder, unter der Holztür zum Innenhof klaffte ein riesiger Spalt, durch den die Kälte grimmig ins Zimmer drang. Wir überlegten: Sollten wir die schwere Gasheizung hierhertragen? Nein, schließlich hätten wir sie ja nicht laufen lassen dürfen, solange wir schliefen. Brandgefahr. Es war schon so spät, dass wir uns kurzerhand zusammen in ein Bett kuschelten, um uns gegenseitig zu wärmen. Wir plauderten und lachten noch bis in die Nacht hinein. Irgendwann wurde uns schön warm, und wir schliefen entspannt wie Schäfchen bis in den Morgen hinein.

Lautes Klappern aus der Küche weckte uns auf. Helles Sonnenlicht blendete uns für ein paar Momente durchs Fenster. Wir sprangen erfreut aus dem Bett, aber der eiskalte Fußboden ließ uns sofort wieder unter die warme Decke schlüpfen. Atemwölkchen stiegen auf. Ja, die gab es immer noch. Doch dann drang durch die Kälte etwas, was uns beflügelte – Kaffeeduft. Eingehüllt in unsere Bettdecken und mit Wanderschuhen an den Füßen machten wir uns auf zum Wohnzimmer. Eigentlich hatten wir gedacht, dass das Frühstück einfach so dastünde und wir zwei dabei alleine wären. Schließlich boten wir keinen allzu charmanten Anblick in unseren Bettdecken, mit unseren roten Nasen, den zerwuschelten Haaren und den verschlafenen Augen hinter den Atemwölkchen. Aber der junge Mann von gestern begrüßte uns mit dem breitesten Grinsen, das wir je gesehen hatten. Sein blonder Lockenkopf war genauso zerstrubbelt, und seine knallblauen Augen funkelten fröhlich bei unserem Anblick. Wir schämten uns etwas, waren erstaunt und neugierig und irgendwie interessiert an diesem jungen Zyprioten. „Also, sehr zypriotisch sieht der jetzt aber nicht aus", flüsterte meine Schwester. „Ist der Engländer?"

„Kalimera, guten Morgen. Ich habe mich gestern gar nicht richtig vorgestellt", sagte er in sehr griechisch angehauchtem Englisch. „Ich bin Sofronis und verantwortlich für die traditionellen Wohnungen. Ich möchte, dass ihr euch hier wohlfühlt, und wenn ihr ein paar Tipps braucht wegen der Ausflüge oder so, kann ich euch gerne weiterhelfen."

Er schob uns die dampfenden Kaffeetassen zu und fing an, uns Butterbrote zu streichen. „Warme Pullis", hauchte Daniela auf Englisch. „Wir brauchen dringend warme Pullis."

„Äh, und vielleicht ein Halstuch ... wir haben nur Sommersachen eingepackt", sagte ich.

Sofronis grinste verschmitzt und meinte, das könne er uns schnell besorgen. Außerdem würde er uns nach dem Frühstück in die nächste Stadt fahren, nach Limassol, denn dort warte ein Mietauto auf uns. Wir freuten uns riesig, denn bald würde es richtig losgehen!

Im Rausch der Mandelblüte

Der tanzende Polizist

Erste Eindrücke auf einer fremden Insel

ACH DU SCHRECK: LINKSVERKEHR! WIR TAUCHTEN IN DIE FARBENPRACHT DER LANDSCHAFT EIN, BLIEBEN MIT DEM AUTO STECKEN. DANN TANZTE EIN POLIZIST AUF DEM TISCH, WIR FANDEN DEN WEG ZUR WOHNUNG NICHT UND STEUERTEN AUF EINEN WEHMÜTIGEN ABSCHIED ZU.

Zu dritt auf die Vorderbank eines Pick-up-Trucks gedrängt, holperten wir nach Limassol. Sofronis unterhielt uns mit packenden Geschichten aus seinem Leben auf der Insel. Wir waren mindestens so berührt und irritiert wie über den Linksverkehr. Er jagte uns richtig Angst ein. Mehrmals duckten wir uns weg, als uns andere Autos auf der falschen Seite entgegen schossen. Wir würden uns schon daran gewöhnen, meinte Sofronis, wir sollten dann mit unserem Auto einfach nur langsam fahren..

Kurz darauf saßen wir in einem Suzuki Jeep und fühlten uns komplett alleingelassen im dichten Verkehr der Stadt. Zwar wurde uns genau erklärt, wie wir die Autobahnauffahrt wiederfinden würden, aber meine Schwester am Steuer schwitzte dann mit mir um die Wette. Einen Vorteil hatte das: Wir vergaßen sogar die Kälte. Wie durch Zufall fanden wir uns plötzlich auf der Autobahn wieder und frohen Mutes reihten wir uns in den Verkehr ein. Zwar musste ich das Plastikdach immer wieder festhalten, weil es uns im

Fahrtwind um die Ohren flog, aber unsere Abenteuerlust war ungebremst!

Von wegen ungebremst: Daniela legte plötzlich eine Vollbremsung hin. Ich schrie auf. Da gab es doch tatsächlich eine Kreuzung mitten auf der Autobahn. Das war uns fremd. Ein riesiges Lastauto brauste knapp vor uns vorüber, und hätte Daniela nicht so schnell reagiert, unsere Abenteuerreise wäre hier schon zu Ende gewesen. Zitternd fuhren wir weiter und hielten Ausschau nach weiteren Kreuzungen. Endlich fanden wir Kalavasos. Wir waren so froh. Mehr noch, denn in unserer gemütlich-kalten Wohnung fanden wir auf dem Bett Wollpullis und Schals in bunten Farben. Sofronis war anscheinend weit vor uns wieder zurück gewesen und hatte sein Versprechen, uns warme Kleider zu besorgen, meisterhaft erfüllt.

Viele Jahre später belauschte ich aus Versehen ein Gespräch meiner Schwägerin mit meiner Schwiegermutter. „Nein, die Pullis sind nie aufgetaucht, ich habe wirklich keine Ahnung, wo du die wieder hin geräumt hast ..." Sofronis hatte uns natürlich nicht gesagt, dass er die Pullis damals von seiner Schwester „geliehen" hatte.

Doch nun verliefen unsere Ferien wie ein schöner Traum. Wir unternahmen Ausflüge in die nähere Umgebung und für die großen Touren bot Sofronis an, mit uns zu fahren und uns alles zu zeigen. Wir waren nicht abgeneigt.

Die wilde Schönheit Zyperns überraschte uns hinter jedem Hügel wieder neu. Und die Strände, wenn auch jetzt bei der Kälte nicht zum Baden geeignet, waren faszinierend, wunderschön und menschenleer. Ach, da fuhren wir dichter ran mit unserem Leihwagen. Es war eine Pracht. Allmählich verloren wir auch die Scheu vor dem Autofahren. Das war einerseits gut, andererseits auch nicht, denn nun saßen wir in den Bergen von Paphos plötzlich im Sumpf fest. Was sollten wir tun?

Wir gruben gemeinsam mit Sofronis, der uns auf diesem Ausflug begleitete, den Jeep von Hand aus dem Sumpf, jedenfalls versuchten wir das. Dann drückten wir das Auto nach vorn, nach hinten, ließen den Motor aufheulen. Was man so tut, um die Karre aus dem Dreck zu kriegen. Gut, es half nichts: Wir machten uns zu Fuß auf den Weg ins nächste Dorf. Ein uralter Mann mit einem noch älteren Traktor kam uns entgegen. Er lächelte. Wir machten ihm unsere Lage klar und fuhren zurück zum Jeep mit ihm. Er zog uns elegant aus dem Schlamm und mit glücklichen und dreckverspritzten Gesichtern ging es weiter zu den großen Avocado-Plantagen.

Zypern im Winter. Eine Farbenpracht von grün, gelb und braun lag vor uns. Man kann nur ahnen, wie die Sonne im Sommer auf die Natur brennt, wie sie alles gnadenlos austrocknet und die Landschaft in Wüste verwandelt. Wenn dann der langersehnte Regen fällt, verwandeln sich Flüsse in reißende Ströme, die alles mit sich reißen. Felder, Straßen und Keller überfluten. Erst nach einigen Schauern dringt das Wasser ins Erdreich, spendet Leben, und nach wenigen Tagen schon sprießen winzig kleine Gräslein an jedem Wegesrand. Jetzt, Ende Dezember, blühen schon einige Wiesenblumen, und das Gras steht kniehoch. Die Erde ist getränkt und satt. Die Kraft der Sonne lässt die Vegetation üppig wachsen.

Unser abenteuerlicher Ausflug in die Region von Paphos näherte sich dem Ende. Die Sonne färbte den Himmel blutrot und ein paar schneeweiße Wolken schwebten am Horizont. Die Heimfahrt verlief ruhig. Daniela und ich waren voll von wunderschönen Eindrücken, die wir erst verarbeiten mussten. Sofronis fuhr unseren Suzuki Jeep mit einer vertrauten Sicherheit, irgendwann fanden sich unsere Hände und verschlangen sich ineinander. Es fielen keine Worte und auch keine Blicke, da es inzwischen dunkel geworden war. Seltsam, dachte ich mir, wir kennen uns doch noch gar nicht richtig. Und doch war da eine Vertrautheit, die ich so noch nie zuvor erlebt hatte ...

Wir hatten einen Riesenhunger. Nach der Rückkehr am Abend wollten wir in die Stavros Taverne in Kalavasos. Es war die einzige im Dorf. Als wir eintraten, schlug uns dicker Zigarettenqualm entgegen. Hustend nahmen wir an einem Tisch mit geblümtem Plastiktischtuch Platz und schauten uns um. Ein Dutzend Männer starrten uns an. Wir fühlten uns plötzlich etwas fremd. Da kam Herr Stavros mit einer roten Schürze auf uns zu und knallte uns ein Menu auf die Tischplatte. Dazu sagte er feierlich: „Special of today is Moussaka! I cook fresh specially for you two young ladies!"

Oh, Moussaka, traditionell griechisch, das wollten wir. Wir bestellten eine Flasche Wasser aber Stavros winkte beleidigt ab. „I bring you Cyprus Water!" Es wurde bald klar, was er meinte. Er stellte uns eine Flasche Brandy hin und schenkte unsere Gläser voll. Dann nahm Stavros sein eigenes Glas, und wir stießen voller Wucht zusammen an. *„Stin jammas!!"* Die Gläser klirrten. Die goldene Flüssigkeit schwappte über unseren Tisch. Ich nahm einen großen Schluck und schnappte sogleich nach Luft. Prustend stellte ich das Glas zurück, nur um gleich wieder mit Stavros schwungvoll anzustoßen. „You see, this is the real water! Life water!"

Unsere Augen tränten, aber wir trauten uns nicht, das Glas abzusetzen. Kaum tranken wir wieder ein Schlückchen, füllte Stavros nach, und so blieben die Gläser den ganzen Abend voll. Als wir die leckerste Moussaka, die es überhaupt nur geben konnte, verdrückt hatten, waren unsere Eingeweide den vielen Schnaps schon gewohnt und rebellierten nicht mehr. Der Abend verlief nicht nur feucht, sondern auch sehr fröhlich. Inzwischen waren noch ein paar andere Touristen dazugekommen und erfuhren die gleiche Brandy-Prozedur wie wir. „*Stin jammas!!*", dröhnten die anderen Männer und hoben die Gläser in unsere Richtung.

„*Stin jammas*", stöhnten Daniela und ich und stürzten wieder einen Schluck hinunter. Langsam fing ich an, die Augen zu verdrehen.

„Bitte, kann ich nicht doch ein Glas Wasser haben?", flüsterte ich heiser. Stavros erhob sich kopfschüttelnd und knallte gleich darauf verächtlich einen Wasserkrug auf den Tisch.

„Wieso sitzt ihr denn alle separat?", brüllte er und warf einen Blick durch seine Taverne. „Sitzt doch zusammen, ist doch viel besser! Wir sind nun eine Familie!"

Stühle wurden gerückt und durch den dichten Qualm sahen wir, wie die anderen Touristen an unserem Tisch Platz nahmen. Stavros unterhielt uns mit lustigen Geschichten aus seiner Taverne. Wir mussten viel lachen. Sogar ein Minister sei bei ihm Gast gewesen, er glaube es sei ein Minister von Brüssel gewesen.

„Ja ja, Europa", sinnierte er. „Dort ist alles gut und es fließen Milch und Honig. Hier auf dieser gottverlassenen Insel ist das Leben hart! Die Türken, die haben uns alles genommen. Die haben uns alles kaputt gemacht. Gekämpft haben wir wie die Löwen, aber die waren in der Überzahl. Reingelegt haben die uns. Mein Bruder, der hat gekämpft wie wild, den haben sie gefangen genommen! Bis heute haben wir ihn nicht mehr gesehen."

Er stieß mit voller Wucht auf unsere überschwappenden Gläser, die wie durch ein Wunder immer voll waren.

„*Stin jammas!!*"

Es kamen immer mehr Leute zu uns an den Tisch. Wir rückten zusammen, und die Gläser klirrten erneut. Wir waren eine lustige Gruppe. Schweizer Touristen, ein deutsches

Ehepaar und ein paar Engländer mischten sich mit geselligen Zyprioten, und der Tisch bebte, als Stavros erneut Brandyflaschen hinknallte.

Irgendwann sangen wir, das war unausweichlich. Griechische Musik plärrte aus einem Transistorradio. Die Stimmung war gelöst, die Atmosphäre feucht und verqualmt. Irgendwann sah ich meine Schwester mit einem Polizisten in voller Uniform in angeregtem Gespräch. Soeben stießen sie ihre Gläser zusammen, das übliche *„Stin jammas!!"* erklang. Und schon floss der Brandy die Kehlen herunter – auf Ex. Lambros, so hieß der Polizist, wusste viel Lustiges zu erzählen. Plötzlich legte er unter einem lauten Lachen seine Dienstwaffe mitsamt Gürtel auf den Tisch. Er packte Daniela um die Hüfte und schwang sie elegant auf die Tischplatte. Behende sprang er hinterher und brüllte: „Jetzt wird getanzt!"

Die Musik lief in voller Lautstärke, alle Gäste, Touristen wie Zyprioten, versammelten sich um den Tisch und klatschten im Takt zum Sirtaki-Tanz. Daniela und Lambros stampften mit ihren Füßen auf der Tischplatte. Sie fing an, gefährlich zu wackeln. Stavros drückte beiden ein Brandyglas in die schwingenden Hände. *„Stin jammas!!"*. Oh Gott, schon wieder! „Wie mag das wohl enden?", dachte ich noch so. Irgendwann torkelte Lambros bedenklich. Dann fiel er krachend auf die Holzstühle und landete auf dem Fußboden.

Lachend wischte er sich den Staub von der Uniform, griff nach seinem Glas und schwenkte es in die Runde. *„Stin jammas!!"* zum letzten Mal. Er packte seine Dienstpistole, winkte torkelnd in die Runde und verließ die Taverne. Doch was war das? Ein Automotor heulte auf. Durchs Fenster sahen wir Lambros, den Polizisten, wie er mit dem Dienstauto fröhlich hupend die Straße hinunter rumpelte und in der Nacht verschwand.

Auch Daniela und mich zog es in unser Zuhause. Unsere Füße wollten nicht so recht gehorchen. Kein Wunder nach soviel Alkohol. Arm in Arm stützten wir uns gegenseitig. Fröhlich plaudernd schwankten wir durch Kalavasos und stellten fest, dass in der Nacht irgendwie alles anders aussah. Ein paar Katzen huschten uns über den Weg, und die Stille wurde nur durch schreiende Eulen und das unbestimmte Dröhnen in unseren Ohren gestört. Ratlos suchten wir die Türe zum Giatros House. In den traditionellen Dörfern führen die meisten Eingangstüren zuerst in einen Innenhof, das Wohnhaus kommt erst dahinter. Ich kann mich nicht erinnern, wie viele Türen wir leise knarrend aufstießen, ins Zimmer guckten und wieder zumachten. Nichts schien vertraut, fremde Blumentöpfe und Schuhe standen hier und da. Aber unser Innenhof war auch nach zwanzig Minuten nicht aufgetaucht.

„Oh, sorry", entfuhr es uns, als wir beim x-ten Hof auf Leute trafen, die gemütlich bei einer dampfenden Tasse Tee in Decken gewickelt dasaßen. Wir empfingen befremdete Blicke und machten kehrt. „Was heißt denn eigentlich Entschuldigung auf Griechisch?", flüsterte Daniela und wir brachen in hysterisches Gelächter aus. Da, waren das nicht Schritte? Wir waren gerettet. Ein Ehepaar kam auf uns zu und blieb verwundert stehen. „Äh, wissen Sie zufällig, wo das Giatros House ist?", fragte ich auf Englisch. Fragend schauten sie uns an. Die Frau zog ihren Schal fester um den Kopf. Vermutlich sahen wir nicht allzu vertrauenswürdig aus, wir schwankten nämlich beide leicht und hielten uns aneinander fest. „Das Haus von Sofronis ...", konkretisierten wir unsere Anfrage noch. Aha, sie tauschten ein paar griechische Worte aus und wiesen hinter sich. „There is Sofronis' House, gleich um die Ecke." Dankend wankten wir davon, und Sekunden später lagen wir, in Sofronis' Pullis gehüllt, im Bett und schnarchten vor uns hin.

Am nächsten Tag war ein ruhiges Programm angesagt. Leicht verkatert wollten wir nach dem Frühstück einen kleinen Spaziergang in die nähere Umgebung machen. Kalavasos liegt in einem wunderschönen grünen Tal. Die Ausläufer des Troodos-Gebirges im Norden leuchteten in der Sonne, und die reifen Orangen in den unzähligen Plantagen setzten fröhliche Farbtupfer unter den knallblauen Himmel. Unsere leichten Blusen kamen bei diesem Wetter doch noch zum Einsatz. Wir wanderten einfach drauflos, Richtung Berge. An den Olivenbäumen hingen grüne und schwarze Oliven. Männer und Frauen hatten grüne Netze am Boden unter den Bäumen drapiert und harkten mit Werkzeugen durchs dichte Laub, die uns an riesige Kämme erinnerten. Die Oliven prasselten auf den Boden und wurden danach in riesige Kübel geladen. Wir schauten eine Weile zu, plauderten mit den Leuten und gingen weiter den Weg entlang. Zitronen, Mandarinen, Orangen und Oliven, wo der Blick auch hinfällt. Wie wunderbar! Auf Zypern kann man gar nicht verhungern. Zäune gab es nicht, und wir wanderten durch üppige Plantagen, schauten uns um und pflückten eine Orange frisch vom Baum. Wir meinten, das Gesunde daran sogar zu schmecken. Der Saft perlte von unseren Händen. Jetzt waren die Mandarinen dran. Wir waren im Vitaminrausch. „Oje, hoffentlich sieht uns keiner ...", meinte Daniela, als plötzlich ein Mann hinter einer Leiter auftauchte. Er rief uns auf Griechisch etwas zu. Wir zogen es vor zu gehen. Immer schneller und im Laufschritt versuchten wir, so unauffällig wie möglich zu verschwinden. Der Mann ließ aber nicht locker. Naja, schließlich hatten wir ein paar seiner Orangen und Mandarinen geklaut. Kein Wunder, wenn er sauer war.

Er holte auf und rief: „Stop, just a minute!" Wir hatten keine andere Wahl, blieben schuldbewusst und wie angewurzelt stehen. Wir warteten auf vorwurfsvolle Worte, aber was für eine grandiose Überraschung: Sein Gesicht strahlte, als er uns erreichte. Voller Freude drückte er uns zwei riesige Taschen voll Orangen und Mandarinen in die Hände. „Here, take home, make fresh juice!" Verlegen grinsten wir ihn an. Wir lernten soeben die legendäre zypriotische Gastfreundschaft kennen! Was für eine große Freude und Überraschung. Nach einem gemütlichen Schwatz machten wir uns auf den Heimweg, um die vielen Früchte in unserer Küche auszupressen. Der Genuss hielt an.

Am nächsten Tag fuhren wir mit Sofronis zum nahe gelegenen Governors Beach. Die kleine Strandtaverne war sein Zuhause, und seine Eltern betrieben das Restaurant seit 1965. Wände und Dach bestanden aus Wellblech. Die Fenster waren durch die Gischt der auflaufenden Wellen nass. Im Winter gab es keine Badegäste, die Sonnenbetten lagen verlassen am Strand. Möwen und Bachstelzen hatten das Revier aus Sand übernommen. Im Inneren der Taverne war es wohlig warm. Ein uralter Eisenofen, dessen gebogenes Rohr in der Blechdecke verschwand, rauchte und zischte. Auf dem verrußten Deckel brutzelten Oliven und Brot. Sofronis Mutter, Vater und Großmutter saßen rund um den Ofen und streckten die klammen Finger zur Wärmequelle. Sofronis stellte uns vor. Wir setzten uns dazu. Kurz darauf dampften vor uns kleine Tassen schwarzen Kaffees. Wohlig schlürften wir den starken Kaffee und stießen am Boden der Tasse auf dunklen Kaffeesatz. Aus Versehen biss ich knirschend in den Satz. Sofronis meinte laut lachend, dass man den nicht mittrinken sollte, der sei höchstens geeignet, um daraus die Zukunft zu lesen.

Eine angeregte Konversation entstand. Sofronis übersetzte hilfsbereit die vielen Geschichten, die seine Eltern zu erzählen hatten. Seine Großmutter, seit dem Tod von Sofronis Großvater in Schwarz gehüllt, wickelte ihr ebenfalls schwarzes Kopftuch neu und fing an zu erzählen. „Also, da war ein Erdbeben in Zypern. Das war im Juli 1954. Es hat geschüttelt, dass die Kirchglocken im Dorf davon geläutet haben und als es laut krachte, fiel der Kirchturm mitsamt Glocken zu Boden. Kyrie Eleyson! Eine Katastrophe. Was hatten wir alle für Angst! Der Pfarrer, übrigens mein Bruder, schüttelte die Faust gen Himmel und flehte die Mutter Gottes an, die Schutzheilige der Kirche von Pentakomo, Erbarmen mit uns zu haben. Sämtliche Heilige rief er an, St. Petros, St. Nektarios, selbst die Heilige Helena, aber der Kirchturm war hin." Mit drei Finger ihrer rechten Hand machte sie in Windeseile drei Kreuze an der Brust. „Was konnte man da machen? Das musste sofort geflickt werden. Wie hätten wir sonst am Sonntag in den Gottesdienst gehen sollen? Und Panayiota und Stavros heirateten doch bald, die Kirche musste wiederhergestellt werden", übersetzte Sofronis. Die Großmutter erzählte munter weiter: „Also machte sich ein paar Tage später ein Bautrupp daran, den Turm wieder aufzubauen. Ich versorgte die Männer mit Kaffee, *Halloumi* und Wassermelonen. Schließlich war es Sommer, ich konnte die ja nicht verdursten lassen. Andreas, ein besonders dünner Kerl, hat mir so gut gefallen, dass ich mich entschied, den für meine Tochter Melani zu nehmen. Schließlich war sie schon achtzehn und musste bald verheiratet werden." Sie räusperte sich und Sofronis legte Mandarinenschalen auf den heißen Ofen. Sofort erfüllte ein frischer Duft die Taverne und seine *Jaja*, also seine Großmutter, fuhr fort.

„Ich habe nicht lange gefackelt. Wir haben ein Treffen mit seiner Mutter abgemacht und das war's schon. Tja, leider kam er aus Potamiou, weit oben in den Bergen. Mit dem Bus dauerte es schon eine Weile, bis wir dort waren, aber es hatte sich gelohnt. Die Trauben waren nämlich reif, und wir konnten gleich ein paar Kilos für die Taverne mitnehmen. Also, reich war er wirklich nicht, der Andreas. Sein Vater starb, als er noch ein kleines Kind war. Seine Mutter hatte alle Mühe, die sechs kleinen Kinder alleine durchzubringen. Sie hatte ja nur ein paar Ziegen und ein, zwei Rebstöcke, das brachte kaum genug, um die alle zu füttern. Der arme Andreas konnte ja auch nicht heiraten, als er alt genug dafür war, es mussten erst seine zwei Schwestern verheiratet werden, bevor er drankam. Aber was soll's, als er in Pentakomo die Kirche flickte, waren die schon unter der Haube, und jetzt kam er dran. Tja, und zwei Monate später war dann Hochzeit in der Kirche mit dem neuen Turm." Sofronis, heiser vom Übersetzen, stürzte ein Glas Wasser runter. Aber *Jaja* war nicht zu bremsen.

„Ja, und dann kam Lambros, das erste Kind. Der ist aber gestorben, o Theos makarisi ton (Gott segne seine Seele). Und dann kamen aber noch vier weitere, Georgios, Fevronia, Lenia und natürlich der da, Sofronis. Das ist der gescheiteste von allen. Steckt immer voller Ideen. Und in Amerika war er auch. Ich habe ihn damals gefragt, wozu er denn so weit weg wolle, das Volk dort war doch verrucht, und orthodoxe Kirchen gab es bestimmt auch keine, aber er war nicht davon abzubringen. Aber gottlob ist er nach sechs Jahren wieder heimgekommen. Hier gefällt es ihm nämlich besser." Der Wortschwall hatte *Jaja* – sie war etwa 75 Jahre alt – nun doch sichtlich erschöpft. Sie lehnte sich zurück und schloss die Augen.

Wir waren ziemlich begeistert, denn so tiefe Einblicke in das Leben der Menschen hier zu bekommen, das hatten wir nicht erwartet. Sofronis war ziemlich erschöpft vom Übersetzen und stand auf, um im stürmischen, kalten Meer zu schwimmen. Er mache das täglich, egal bei welchem Wetter, versicherte er, als wir ihn sprachlos ansahen. Es gebe ihm täglich Energie, um sein Arbeitspensum zu schaffen, meinte er. Wir blieben alleine zurück mit Sofronis' Familie. Seine Mutter konnte ein paar Brocken Englisch und bot uns immer wieder Weihnachtsgebäck an. Wir futterten eifrig und lauschten der griechischen Konversation der drei Menschen, die uns sofort ans Herz gewachsen waren.

Jeder Urlaub geht einmal zu Ende. Sofronis hatte uns die warmen Pullis kurzerhand geschenkt, die würden wir in der kalten Schweiz bestimmt brauchen. Wir versuchten, dankend abzulehnen, aber er bestand darauf. Eine Erinnerung an Zypern, meinte er. Mit einem seltsamen Gefühl im Bauch stieg ich neben meine Schwester in Sofronis' alten Pick-up. Er wollte uns zum Flughafen bringen. Waren das etwa Schmetterlinge im Bauch, die ich jetzt spürte? Die Woche war gepackt voll mit Erlebnissen, Eindrücken und Gefühlen. Ich wollte gar nicht heim. Sofronis und ich hatten so viele intensive Gespräche über Gott und die Welt geführt, wir hatten in so manchen Dingen die gleichen Ansichten. Wir sind beide naturverbunden und mochten einen heißen Tee (oder einen flotten Brandy) bei einem angeregten Gespräch viel mehr als Partys im Club.

Und nun sollten wir uns nie wiedersehen? Wir hatten uns nicht versprochen, dass wir uns gegenseitig besuchen würden, dass wir uns schreiben oder anrufen würden. Wir hatten einfach eine wunderbare Woche zusammen verbracht und wussten beide nicht weiter. Adressen hatten wir natürlich ausgetauscht, aber wer sich bei wem zuerst melden würde, das stand in den Sternen. Empfand er überhaupt auch Gefühle für mich? Und was für welche? Ich wünschte mir, die Fahrt zum Flughafen dauerte ewig. Aber nachdem wir den Verkehr der Stadt Larnaca hinter uns gelassen hatten, erreichten wir den Flughafen nur allzu schnell. Meine Schwester verabschiedete sich zuerst von Sofronis, wohl, um uns zwei noch etwas Zeit zusammen zu gönnen. Sie warte bei den Gepäckwagen auf mich, meinte sie einfühlsam. Sofronis und ich schauten uns einfach nur an. Irgendwann sagte er nur: „Das ist jetzt nicht vorbei, oder?" Und ich sagte: „Mir scheint, es fängt jetzt erst richtig an. Aber wie es weitergehen soll, weiß ich auch nicht." Wir umarmten uns fest, ich wollte ihn nie mehr loslassen und schob ihn dann doch sanft von mir. „Tschüss", flüsterte Sofronis, „bis bald, irgendwie ..." Er drehte sich um, ging schnell zum Auto zurück. Beim vertrauten Aufheulen seines Motors stiegen mir Tränen in die Augen und schnell eilte ich meiner Schwester hinterher. Sie nahm mich in den Arm und flüsterte: „Komm, der Flieger ..."

Noch bevor sich die automatische Schiebetür der Abflughalle hinter uns ganz verschloss, hörten wir plötzlich ein lautes Motoren-Knattern, eine Autotür wurde zugeschlagen, und vor dem Eingang stand Sofronis. Mein Herz pochte. In einer Hand hielt er einen halbwelken Strauß gelber Tagetes, die neben den Parkplätzen wuchsen. Verlegen drückte er mir den zerrupften Blumenstrauß in die Hand, drückte mich noch einmal kurz. Dann war er weg, ohne sich noch einmal umzublicken.

Frisch gepresst – Kenner lieben Olivenöl aus Zypern

Alles Kopiaste?

Mit der Sprache hapert es noch

WIE LANG „EINE MINUTE" SEIN KANN, WIE SICH „OKAY"
ÜBERSETZEN LÄSST UND WAS SICH HINTER DEM WICHTIGSTEN
WORT ÜBERHAUPT IN ZYPERN VERBIRGT: KOPIASTE. UND
WAS HABEN STOSSSTANGEN UND KONDOME GEMEINSAM?

Als Schweizerin werden dir verschiedene Charaktereigenschaften in die Wiege gelegt. Dazu gehört die Pünktlichkeit. Am Mittag heißt genau um zwölf Uhr. Sieben Uhr ist sieben Uhr. Wenn man befürchtet, zu spät zu kommen, wird sofort angerufen, um das zu melden – vor allem im Zeitalter des Handys. Heute ist heute, morgen ist morgen und in einem Jahr ist genau in 365 Tagen. Nicht so in Zypern. Auch hier gibt es solche zeitlichen Begriffe. Morgen heißt *Avrio* und ist irgendwann in der nächsten Zeit oder auch nicht – man wird sehen. Der wohl bekannteste Begriff ist *Ena Lepto,* das heißt: eine Minute! Ach, wie viele Minuten habe ich gewartet auf diese eine Minute, die da bloß vergehen sollte. Auf manches habe ich bis zum heutigen Tag gewartet, dass eine Abmachung eingehalten wird. *Ena Lepto* ist ein Synonym für irgendwann in nächster Zeit.

Was habe ich geflucht, wenn ich am Telefon hörte: „Ja, ich verbinde Sie sogleich, bitte nur *ena Lepto*." Musik spielte, meine schweißfeuchten Hände umklammerten den Hörer, ich wartete und wartete, bis ich entnervt ebendiesen Hörer wieder auf die Gabel knallte, um es am nächsten Tag wieder zu versuchen. Ich sehe sie förmlich vor mir, die Fräuleins im Büro, Nägel lackierend, *ena Lepto*, nur um sich der Kaffeetasse zu widmen, um das Verbinden sogleich zu vergessen oder zumindest aufzuschieben. Oder im Laden frage ich: „Entschuldigung, haben Sie diese Schuhe in Größe 39?" Geschäftig geht die Verkäuferin davon mit den Worten *ena Lepto*, aber sie kommt nicht wieder.

Besonders perfide ist es im Straßenverkehr. Den Linksverkehr zu meistern, das habe ich irgendwann gelernt. Doch in Staus, im Verkehrschaos, da plaudern Männer in Pick-up-Trucks durch das offene Fenster miteinander. Auf mein zögerliches Hupen reagieren sie ungeduldig und vorwurfsvoll. Sie schreien *ena Lepto* und fahren erst weiter, wenn sie zwei Zigaretten geraucht haben oder drei. Aber es gibt noch eine Steigerung. Ich stehe mit dem Auto korrekt auf einem Parkplatz und schaue bestürzt zu, wie sich ein Auto direkt an die hintere Stoßstange meines Autos quetscht. Der Fahrer, Mann oder Frau, jung oder alt, egal, irgendwie sind sie da gleich, lächelt freundlich und eilt mit der ernüchternden Meldung *dyo Lepta* davon. Nur schnell zwei Minuten! Zum Glück habe ich im Auto ein Kopfkissen und mache es mir für einen Mittagsschlaf gemütlich.

Ein anderes Wort hat mich immer wieder beschäftigt, es klang wie Taxi. Seltsam, wieso reden Sofronis Eltern immer von einem Taxi, als er baden war und wir allein mit der Familie im Haus saßen? Da reichte uns Andreas eine Schüssel mit Nüssen. „*Taxi?*", fragte er uns. Wir schüttelten den Kopf. Soviel wir wussten, würde Sofronis uns fahren, wir brauchten also kein Taxi. Komisch. Auch seine Mutter Melani redete auf Griechisch immer wieder von Taxi. Wir schüttelten den Kopf. Zum Glück tauchte Sofronis bald wieder auf. In ein großes Badetuch gehüllt, kam er nach seinem Badeausflug zu uns und goss sich einen heißen Tee ein. „Du", fragte ich ihn beiläufig, „sollen wir ein Taxi für den Weg zurück nehmen? Ich glaube, deine Eltern wollen uns ein Taxi bestellen."

Sofronis schaute mich erstaunt an. „Wieso denn ein Taxi? Wir fahren natürlich gemeinsam zurück." Doch ich erwiderte: „Ja, aber sie sagen immer wieder Taxi!" „Ach so!", dämmerte es Sofronis, und nach einem Wortschwall auf Griechisch zu seinen Eltern brachen alle in lautes Gelächter aus. „Das heißt nicht Taxi, sondern *Entaxi!* Das bedeutet so viel wie okay oder ist alles gut?" Er grinste noch immer. Wir atmeten auf. Sie hatten uns also immer wieder gefragt, ob alles okay sei, wie lieb. Und nachdem wir uns verabschiedet hatten, fuhren wir tatsächlich mit Sofronis zurück nach Kalavasos.

Was auch für Gäste wichtig werden kann, ist dieser Ausdruck. In den Dörfern wird Fremden manchmal nachgerufen: „*Kopiaste, kopiaste!*" Das ist uns häufig passiert. Es ist der zypriotischste Ausdruck, den man sich nur vorstellen kann. Er verkörpert die Gastfreundschaft, die Freundlichkeit und Lebensfreude der Zyprioten, alles mit nur einem Wort: *Kopiaste* heißt „seid herzlich willkommen und setzt euch zu uns!" Das kann niemand ablehnen. Es ist eine Einladung, die von Herzen kommt.

Bevor ich auswanderte, lernte ich natürlich die griechische Sprache zu Hause in der Schweiz. Der beste Weg heißt gute Vorbereitung, also Sprachkurse zu kaufen und zu büffeln. So saß ich also in der Schweiz und starrte entsetzt in mein erstes Griechisch-Buch. Nicht nur war mir die Schrift fremd (kyrillisches Alphabet, was ist das?), sondern die vielen Apostrophs, Striche und anderen Zeichen waren schlicht verwirrend. Aber ich war durch nichts zu entmutigen. Akribisch ging ich die ersten Schritte durch, genau nach Anleitung zum schnellen Erlernen der griechischen Sprache. Ich hatte nur leider übersehen, dass mein Sprachkurs mehr als zwanzig Jahre alt war und in Katharevousa-Griechisch gehalten war. Das ist eine Vorstufe zu modernem Griechisch, nicht ganz so schlimm wie Altgriechisch, aber trotzdem haarsträubend zum Lernen. Als ich dann endlich merkte, dass es das nicht sein kann, war es bereits zu spät. Der Tag der Abreise war gekommen.

In meinem Gepäck führte ich aufgrund des Sprachfrustes kein einziges Sprachbuch mit mir. Ich sagte mir, dass das Lernen im Land selber bestimmt einfacher sei. Schließlich konnte Sofronis mir jederzeit helfen. Aber dann: Alles klang so fremd in meinen Ohren, auf nichts konnte ich zurückgreifen. Englisch oder Französisch waren gänzlich unbrauchbar, und ich verstand schlichtweg nichts. Nicht einmal mein hart erarbeitetes, bröckeliges Katharevousa half mir weiter. Allerdings ist es ja so, dass, wenn man eine Sprache den ganzen Tag hört, von Leuten, im Fernsehen und Autoradio, plötzlich eine Tür im Kopf aufgeht. Wirklich! Der Klang, der Wortlaut, das sickert langsam ins Gehirn. Bald bemerkte ich erste Zusammenhänge. Die größte Hilfe war mir bestimmt Sofronis' Schwester Nia, mit der ich zweimal die Woche büffelte – mit Büchern für Erstklässler. A wie Apfel, B wie Birne usw. Trotz ihres frischgeborenen Babys, das zwischen meinen Büchern und Heften strampelte, war dies der große sprachliche Durchbruch.

Schon nach kurzer Zeit beherrschte ich Griechisch in vereinfachter Form, konnte in der ersten Person Einzahl und nur in der Grundform kommunizieren. Ich muss es immer wieder betonen, wie hilfsbereit die Zyprioten in jeder Lebenslage waren. Ob im Laden, auf der Bank oder in der Familie, es wurde mir immer weitergeholfen, wenn ich einmal den Faden verlor, ich wurde sanft korrigiert und verbessert und saugte so alles Richtige auf wie ein trockener Schwamm. Ausgelacht wurde ich nie. Allerdings bin ich ganz sicher: Wenn ich kaum weg war, hat so mancher vielleicht hysterisch gelacht oder zumindest auf den Stockzähnen gegrinst. Es ist ja auch eher amüsant, wenn das Gegenüber (ich) irritiert nach den Mücken schlägt und genervt verkündet: *„Panaja mou, echei polla kounoupidia simera!"* (Herrgott, hat das viel Blumenkohl heute.)

Mir stellt es noch immer leicht die Haare auf, wenn ich an meine ersten Ostern auf Zypern denke. Die Kirche ist ein fester Bestandteil der zypriotischen Kultur. Auch heute noch fasten die meisten Leute fünfzig Tage lang vor Ostern. In der Kirche herrscht Hochbetrieb, und am Karfreitag und Karsamstag sind die Zeremonien besonders schön. Der Höhepunkt ist dann die Mitternachtsmesse, die mit Feuerwerk und großem Feuer auf dem Kirchenplatz gefeiert wird. Am Ostersonntag trifft sich die ganze große Familie zum Essen. *Souvla* ist das Wichtigste. Große Lammstücke werden langsam gegrillt und der Geruch von gegrilltem Fleisch legt sich verführerisch über die ganze Insel.

Auch ich war in Feierstimmung und fühlte mich so richtig Teil der hiesigen Kultur. Sofronis hatte mir beigebracht, dass man zur Freude von Christi Auferstehung sich gegenseitig Glückwünsche ausspricht: *Christos Anesti* (Christus ist auferstanden), sagt man also, und das Gegenüber antwortet mit: *Alithos Anesti o Kyrios* (Der Herr ist wirklich auferstanden). Ich war stolz, dass ich nach so kurzer Zeit schon so einen wichtigen Satz richtig aussprechen konnte und eilte freudig auf die Verwandten zu, um das Geübte anzuwenden: Christos Arostise!, verkündete ich überzeugt. Leider heißt das aber: Christus ist krank geworden ... Sofronis´ Lachanfall und die entsetzten Gesichter der Verwandten werden mir immer in zerknirschter Erinnerung bleiben.

Nie werde ich auch einen anderen Tag vergessen, an dem ich mit meinem alten Honda Civic mit der Stoßstange an einem Zaun hängenblieb und diesen hundert Meter mit mir mitschleppte. Erst da merkte ich, dass das schleifende Kreischen nicht vom Motor kam, sondern vom Metallzaun, der durch das halbe Dorf polterte. Die Bewohner trieb das in heller Aufregung aus den Häusern. Man bedenke, im Sommer zur Mittagszeit sind die Dörfer aufgrund der Hitze wie ausgestorben. Bei mehr als vierzig Grad rühren sich nicht einmal die Katzen, und überall herrscht angenehme Stille. Als dann dieser Lärm meiner Stoßstange kombiniert mit dem Gartenzaum plötzlich erschallte, war die Toleranzgrenze der Dorfbewohner schnell erreicht. Nichtsdestotrotz war ich schnell von helfenden Händen umgeben, und ich fand mich binnen kurzer Zeit beim Automechaniker Mario wieder, mit den Worten: *Chreiazoume kainourio profilaktiko* (Ich brauche dringend eine neue Stoßstange). Oh je, auch hier lag ich falsch, denn genau übersetzt lauteten meine Worte: Ich brauche dringend ein neues Kondom.

Sekundenlanges Schweigen. Dann starrte ich in entsetzt aufgerissene Augen. Danach folge ein erstes Grinsen. Schließlich hallte die ganze Autowerkstatt vor einem herzhaften Männergebrüll. Und ich stand da, wunderte mich und fühlte mich ganz klein und total unemanzipiert. Armer Mario, alle armen anderen Männer, die gerade dort waren, sie wollten einfach nicht aufhören zu lachen, bis sich endlich einer erbarmte. Er erklärte mir auf Englisch, was ich da soeben geschwafelt hatte ... Ich ging bestimmt für die nächsten fünf Jahre in eine andere Werkstatt. Selbst heute noch habe ich das Gefühl, dass Mario und Co. hinter meinem Rücken sich noch immer Lachtränen aus den Augenwinkeln wischen.

Griechisch ist eigentlich gar nicht so schwer zu lernen. Wenn man gut hinhört, klingt so einiges vertraut. Das Wort Chirurg zum Beispiel kann man plötzlich gut verstehen, wenn man weiß, dass *Cheir* die Hand bedeutet und *Ergon* die Arbeit. So ist also der Chirurg nichts anderes als einer, der mit den Händen arbeitet, ein Handwerker sozusagen. Oder das liebe Nashorn, auch Rhinozeros genannt. *Rhino* ist nichts anderes als die Nase, während *Kerato* das Horn ist, das auf der Nase sitzt. Ein Helikopter ist ein Drehflügler: *Ilingos* die Drehung, *Ptero* der Flügel. Ein *Idiotis* ist nicht einfach nur ein Depp, sondern ein Privatmann, der sich nur um seine eigenen Belange kümmert. Selbst die weltberühmte Sportartikelmarke *Nike* bedeutet nichts anderes als Sieg.

Und da war noch Argos, der hundertäugige Riese. Der wurde nämlich von Zeus' Gattin Hera beauftragt, eine Kuh zu bewachen. Diese Kuh war niemand anderes als Io, die Geliebte von Zeus, die von ihm kurzerhand in eine Kuh verwandelt worden war, um die eifersüchtige Hera ein für alle Mal zu beruhigen. Wer wäre somit geeigneter gewesen als er, Argos, der die Kuh fortan mit Argusaugen bewachte.

„Mein" Dorf und meine Liebe: Kalavasos

Wohin mit dem Zuckersirup?

Das Dorf Kalavasos – meine neue Welt

WIE ICH KRAFTAUSDRÜCKE UND LAUTES SPRECHEN LERNTE, ZUFÄLLIG BEIM SCHLACHTEN EINES HUHNS ZUSAH, IN DER BANK DER VOLLE SAFE OFFENSTAND UND GLYKO AM OBERSCHENKEL KLEBTE.

In jenem schicksalsträchtigen Februar 1990 kam ich zurück nach Zypern, ins Dorf Kalavasos, und zwar für immer. Ich kannte es ja von unserem Kurzurlaub vor etwas über einem Jahr. Doch nun erschien mir alles fremd: die Häuser, die Bewohner, die große Kirche und die verlassene Moschee mit dem schlanken Minarett (das letzte Überbleibsel der Türkisch-Zyprioten). Selbst Sofronis, seit Kurzem mein Lebenspartner, war mir noch nicht ganz vertraut. Sprachbarrieren und Kulturcrash waren allgegenwärtig. Ich wurde hineingeschubst in ein Leben im Dorf, das so anders war als das Leben in der Schweiz.

Kalavasos, ein kleiner Punkt auf Zyperns Landkarte, und doch so großartig in seiner Tradition und Lebensweise, die landestypischer kaum sein könnte. Ich wurde oft gefragt: Wie es sich als Ausländerin in so einem kleinen Dorf ein? Wie haben die Einheimischen auf dich reagiert? Ich glaube, dass es vor 30 Jahren einen großen Unterschied zu heute gab. Alle waren weniger von außen beeinflusst. Sie waren verwurzelt in der Dorfgemeinschaft, beinahe ohne Einfluss von der großen, weiten Welt. Stolze, freundliche Leute, alle habe ich ins Herz geschlossen. Ich denke, ich hoffe, das beruht auf Gegenseitigkeit. Heutzutage sind Ausländer keine Ausnahme mehr. Die Einheimischen haben sich daran gewöhnt, dass viele Menschen aus verschiedensten Ländern in den Städten und Dörfern wohnen – vor allem nach dem EU-Beitritt am 1. Mai 2004. Touristen sind nach wie vor sehr wichtig und willkommen. Sie kommen gern, denn auch heute noch finden sie in den Dörfern die legendäre Gastfreundschaft der Zyprioten. Anders ist es in den großen Touristenhochburgen wie Agia Napa. Aber wer dort hinfährt, sucht mit Sicherheit auch keine Tradition und dörfliche Authentizität wie in Kalavasos.

Sofronis hatte gerade angefangen, Cyprus Villages aufzubauen. Das Konzept sieht vor, traditionelle, zum Teil halb zerfallene Häuser aufzukaufen, um sie im alten Stil zu renovieren und somit den sanften Tourismus anzukurbeln. Er hatte mehrere Baustellen zu leiten, und einige Häuser waren bereits von Gästen bewohnt, hauptsächlich von Schweizern und Deutschen. Diese Häuser sind ein Unikum, mit viel Hingabe zurechtgemacht, eingerichtet und dekoriert. Oftmals liegen mehrere Wohnungen in einem Haus, das ein großer, blumengeschmückter Patio ziert, und wo Bad und WC von allen geteilt wurden; sehr einfach eingerichtet, ohne großen Komfort, aber so liebevoll gemacht, dass viele der Gäste einfach immer wiederkommen. Mit den Jahren sind es immer mehr Wohnungen geworden und der Standard der Häuser ist enorm gestiegen. Heute sind die Gäste eher überrascht von dem hohen Komfort, den sie in einem kleinen Dorf auf Zypern so nie erwartet hätten.

Mit Stolz und auch mit etwas Kniezittern stürzte ich mich in die Arbeit. Da ich Autofahren konnte (oh Gott, der Linksverkehr), fiel mir die Aufgabe zu, mit den Putzfrauen von Haus zu Haus und von Dorf zu Dorf zu fahren. Bereits damals hatte Cyprus Villages Häuser in verschiedenen Dörfern wie Tochni, Pentakomo und Psematismenos. Maro, eine kleine, drahtige Frau aus dem Dorf, war verantwortlich für die Sauberkeit in Kalavasos, und Lenia, Janoulla und Olympou reinigten in den anderen Dörfern. Das war ein tägliches Hin und Her mit dem Auto, mit Bettwäsche und Badetücher, Mop und Putzkübel. Oft war noch plötzlich ein erkältetes Kind dabei, das heute nicht zur Schule konnte, und los ging's an die Arbeit. Oftmals sah ich im Rückspiegel nichts vor lauter Wäsche, Frauen und Kübeln. Zum Teil quetschten wir uns zu sechst in den wackligen Honda. Die Verständigungsschwierigkeiten waren enorm.

Was haben wir alle zusammen gelacht vor lauter Missverständnissen und lustigen Englisch-Griechisch-Mix-Gesprächen. Beiderseits bemühten wir uns. Ich glaube, ich habe auf diese Art am schnellsten und effizientesten die Sprache gelernt, in allen höflichen und unhöflichen Variationen, gleich im Dialekt. Zyprisch ist zum Griechischen fast eine zweite Sprache. Ein paar deftige Flüche, wenn etwas nicht gleich klappte, hatte ich schnell drauf. Die richtigen Kraftausdrücke von Anfang an zu lernen, ist schon hilfreich. So wurde mir das Fremde langsam vertraut. Ich verstand: Wenn zwei Menschen in voller Lautstärke schreien, geht es nicht um Mord und Totschlag, sondern vielleicht darum, ob die Bettlaken oben oder unten hingehören. Der Lärmpegel erreichte meist im Auto die oberste Grenze. Konversationen in normaler Lautstärke sind nicht notwendig, mit lautem Geschrei verschafft man sich viel mehr Gehör und wird ernstgenommen. Ich muss gestehen, das Laute ist mir geblieben, meine Schweizer Familie muss am Telefon den

Hörer in mindestens einem Meter Abstand halten. Und für Außenstehende klinge ich auch wie ein Berserker bei jeder noch so friedlichen Konversation. Ich werde das wohl nie loswerden. Ich habe also viel gelernt von diesen Frauen, nicht nur die Sprache, sondern auch viel von der zypriotischen Lebensweise, die sich so total von meinem gewohnten Leben unterschied.

Eines Tages suchte ich Maro in ihrem Haus auf, um ihr die Putzliste für die nächsten Tage zu bringen. Auf mein Anklopfen meldete sich niemand, also trat ich ein und fand mich in ihrem Innenhof wieder. Der Duft von gekochten Bohnen machte mich neugierig. Lautes Gegacker und Geflatter ließ mich herumfahren. Maro stand an ihrem Bügelbrett im Hof, eine weiße Henne in der einen Hand, ein Brotmesser in der anderen. *Simmera kano Ornitha!* Heute gibt's Huhn! Schon fing sie an, den Hals des Huhns mit dem Brotmesser zu bearbeiten. Ein Riesengegacker, ein Flügelschlagen, ein letzter Hieb mit dem Messer und vor mir lag der Kopf des Huhns, die Augen fragend aufgerissen. Mir wurde schlagartig schlecht, zum allerersten Mal in meinem Leben sah ich, woher das Essen eigentlich wirklich kommt. Ohne Töten kein Huhn im Topf – aber mit dem Brotmesser? Entsetzt flüchtete ich quer durch den Hof, die Straße hinab und nach Hause. Da noch rang ich nach Atem. Die Bilder vom blutbesudelten Huhn gingen mir nicht aus dem Kopf. Am Nachmittag klopfte es an meine Tür. Maro stand da mit einem Grinsen von einem Ohr zum anderen und in der Hand einen Topf mit Huhn und Bohnen. Ich schluckte. Na gut, ich probierte es. Ich muss sagen, es schmeckte wirklich vorzüglich.

Wann immer ich in Kalavasos zu tun hatte, ging ich nie durstig nach Hause. Kaum eilte ich über den Hauptplatz, ob mit Bettwäsche oder Glühbirnen unter dem Arm, wurde ich von einem der alten Männer im Coffee Shop zu einem Getränk eingeladen. Die alten Männer sind das letzte Überbleibsel einer schwindenden Kultur, die Säulen eines traditionellen Dorfes, das unaufhaltsam vom Fortschritt eingeholt wird. Sie waren mir allesamt so sehr ans Herz gewachsen. Da war Kyrios Yannis. Er winkte mir von weitem mit einer Colaflasche in der Hand zu.

„Komm, setz dich, nur kurz etwas plaudern", begann er sein Gespräch meistens. Und dann saßen wir, allerdings sehr viel länger als geplant. Ich wurde ausgefragt, denn Ausländer waren noch eher rar. Es ging um die Schweiz und ob sie am Meer liege. Er wollte wissen, ob das wirklich stimme, dass man dort im Supermarkt nur sagen müsse, was eingekauft wurde, ohne die Ware zu zeigen. Die Leute seien ja dort so ehrlich ... Und ich erzählte munter von Wäldern in Herbstfarben und hohen Bergen mit und ohne Kühen. Es stieg allerdings dabei jeweils ein kleines Stück Heimweh in mir auf, wenn ich über all die Schönheiten in meinem Land erzählte. Als Gegenleistung dafür aber bekam ich viele interessante Geschichten über Zypern zu hören. Viele Männer hatten bis 1978 in der Kupfermine von Kalavasos gearbeitet. Das nunmehr verlassene Dorf Drapia in der Nähe von Kalavasos war bis dahin von mehr als 500 Menschen bevölkert, die alle in der nahegelegenen Mine gearbeitet hatten und nach deren Schließung entweder nach Kalavasos zogen oder sogar ins Ausland. Es war schon damals sehr schwierig, eine Arbeit zu finden, von der eine vielköpfige Familie ernährt werden konnte.

Oder ich erfuhr die Geschichte von Stavros, der als Junge ins Kloster Macheras als Novize geschickt wurde, weil seine Familie nicht genug Geld hatte, um all die Kinder durchzufüttern. Dieser Stavros also kam aber gezwungenermaßen nach wenigen Jahren wieder zurück ins Dorf, da er als Halbwüchsiger den Nonnen nachgestellt hatte. Kein Wunder: Er musste das Kloster bei Wind und Wetter sofort verlassen. Auch er arbeitete daraufhin in der Mine von Kalavasos und riskierte nach dem besonnenen Klosterleben täglich sein Leben unter der Erde.

Ich erfuhr, dass die Türkisch-Zyprioten schon in den sechziger Jahren Kalavasos verließen, noch vor der türkischen Invasion von 1974 also, da es bereits damals Unruhen in den gemischten Dörfern gab. Die Moschee wurde verriegelt, und nur noch Kyrios Kostas, der Dorfälteste, hatte einen Schlüssel. Er war der einzige, der danach noch die engen Stufen zum Minarett hochkletterte, trotz abbröckelndem Putz und schiefen Wänden, nur um oben zu schauen, wie denn das Wetter würde.

Übrigens taufte ich Kyrios Kostas auf den Spitznamen „Gottseidank". Als Zypern im Zweiten Weltkrieg noch englische Kolonie war, landete Kyrios Kostas als Soldat in deutscher Gefangenschaft. Da lernte er einige Brocken Deutsch. Als alter Mann, mit Brandyflasche im Arm, zeigte er stolz in der Dorftaverne sämtlichen Touristen seine alten, vergilbten Fotos von ihm als Soldat. Mehr noch: Er hatte auch Fotos vom Kino in Kalavasos, das leider in den sechziger Jahren schloss und nie mehr eröffnet wurde. Ein Bild vom ersten Dorfbus, einem englischen Bedford mit runder Kühlerhaube, stach hervor. Der Bus erleichterte den Leuten das Leben beträchtlich, denn per Bus kam man doch schneller ans Ziel als mit dem sonst hier üblichen störrischen Esel. Und dann war da das zerknitterte Foto seiner geliebten Frau, die kurz nach dem Krieg gestorben war und Kyrios Kostas in Einsamkeit altern ließ. Dieses Foto also machte endlose Runden und jedes Mal wischte er sich Tränen aus den runzligen Augen mit den Worten: „Und das meine Frau, ist gestorben – Gott sei

Dank." Was hörte ich da? Ich war verblüfft über die Worte, bis mir dämmerte, was genau er damit meinte: „Meine Frau ist gestorben – Gott segne sie". So würde man das sinngemäß auf Griechisch sagen. So wurde Kyrios Kostas bei mir liebevoll zu Kyrios Gottseidank.

Einige Monate, nachdem ich nach Zypern ausgewandert war, besuchte mich meine Schwester mit ihrer kleinen Tochter Vanessa, meinem Patenkind. Zum Geldwechseln machten wir uns auf den Weg zum Hauptplatz, wo sich die Genossenschaftsbank neben dem Coffee Shop befand. Die Tür stand sperrangelweit offen, aber kein Mensch befand sich im Raum. Wir warteten geduldig. Bestimmt würde gleich jemand kommen, hofften wir. Nach längerer Zeit war noch niemand aufgetaucht, und wir spähten etwas genauer ins Innere der Bank. Hinter einem Schreibtisch, auf dem sich endlose Stapel Papier türmten, hing ein fast lebensgroßes Bild von Erzbischof Makarios III. an der Wand. Er war der erste Präsident Zyperns nach der Unabhängigkeit von den Engländern im Jahr 1960. Daneben befand sich ein Safe, den wir locker auf hundert Jahre schätzten. Zu unserer großen Überraschung klaffte seine Tür weit auf. Viele Geldbündel hingen über die Kante und stapelten sich sogar auf dem Fußboden. Uns wurde etwas mulmig, und wir suchten schnell das Weite, denn wir dachten: Was geschieht, wenn jemand kommt und uns beschuldigt, Geld gestohlen zu haben?

Beunruhigt fragten wir im Coffee Shop nach den Öffnungszeiten der Bank. Aristos deutete auf einen rauchenden Mann am hintersten Tisch und sagte: „Die Bank ist offen. Der dort ist der Bankdirektor, der trinkt aber gerade Kaffee ..." Wir beschlossen, den Mann zu fragen, wann er uns denn Geld wechseln könnte. Ich räusperte mich vernehmlich. Als er sich zu uns umdrehte, leuchtete sein Gesicht fröhlich auf. „Ach, ihr seid das! Euch kenne ich doch!" Tatsächlich – das war der nette Herr, der uns bei unserem ersten Besuch so viele Orangen während unserer Wanderung durch seine Plantage geschenkt hatte. Sofort lud er uns auf einen Kaffee ein. Vanessa bekam ein knallrotes Eis mit Rosengeschmack. Sein Englisch war ausgezeichnet, und wir plauderten eine Weile gemütlich, bis er meinte, es sei Zeit, an die Arbeit zurück zu kehren. Wir betraten gemeinsam die Bank und Kyrios Andreas schob mit dem Fuß ein paar Geldbündel zur Seite, um sich an seinen Schreibtisch zu setzen. Im Nu wechselte er Schweizer Franken gegen zypriotische Pfund. Wir verabschiedeten uns, und – wie konnte es anders sein? – gab er uns noch eine Tasche frischer Orangen mit auf den Weg.

Auf dem Hauptplatz trafen wir auf Kyrios Gottseidank. Er winkte uns schon von Weitem zu und lud uns auf einen Kaffee ein. Auch da saßen wir eine Weile, bewunderten seine Fotos, bedauerten den Tod seiner Frau (Gott sei Dank!) und machten uns endlich auf den Heimweg. Er eilte uns schnell hinterher und rief dazu: „Kleines Mädchen, hast bestimmt Hunger." Er beugte sich zu Vanessa hinunter und überreichte ihr fröhlich eine dicke Scheibe Wurst. Das Fett tropfte sofort über die kleinen Kinderhände und Vanessas Gesichtsausdruck war voller Erstaunen, denn bei näherem Hinsehen war zu erkennen, wie in dem Wurststück unzählige kleine Ameisen umherwuselten. Voller Anstand wartete sie, bis er hinter dem Haus verschwand und entledigte sich dann eilig der Wurst. Sie war wohl mindestens so alt wie Kyrios Gottseidank selbst.

Als Kyrios Andreas nur ein Jahr später plötzlich starb, weinte ich mit dem Dorf und mit seiner Familie. Ich weinte um einen der Charaktere, die das Dorf Kalavasos offensichtlich seit Urzeiten geprägt hatten. Die Bank wurde geschlossen und eröffnete kurz darauf neu außerhalb der Ortschaft in einem neuen Gebäude mit Alarmanlage und Bankautomaten. Die Zeit der herausquellenden Geldscheine war vorbei. Das Bild Makarios lll. verstaubte im Innern der ehemaligen Bank, zusammen mit dem leeren Safe. Dessen offene Tür zeugt noch von ehemaligem Vertrauen.

Wir schlenderten weiter durch das Dorf, und ich war so stolz, meiner Schwester alles zu zeigen, da ich mich schon richtig gut auskannte. Wir kamen am Haus von Maro, der Putzfrau, vorbei. Die Tür flog auf, sie hatte uns gesehen. Eigentlich hätten wir schon lange nach Hause gewollt. Vanessa war müde, der milde Apriltag wurde gegen Mittag immer wärmer, und Roseneis sowie der Anblick von Wurst hatten ihren Hunger nicht gestillt.

Nichtsdestotrotz fanden wir uns in Maros guter Stube wieder und wurden von ihr förmlich auf die Couch bugsiert. Sie eilte in die Küche und kehrte eifrig mit drei Tellerchen mit etwas Undefinierbarem darauf zurück. Flüchtig dachte ich an die Szene mit dem Huhn zurück, aber das hier sah eher nach etwas Süßem aus. Das war es dann auch: *Glyko*, die traditionelle, eingemachte Frucht. Es gibt sie in vielen Variationen: Bitterorange, Feige, Walnuss mitsamt der grünen Schale dran, Wassermelonenschale, Kirschen, alles in unsagbar süßen Zuckersirup eingemacht. Um es überhaupt essen zu können, wird einem dazu immer ein Glas Wasser gereicht. Maro drückte uns winzige Dessertgabeln in die Hände und wir starrten die süße Herausforderung auf unserem Teller an. Wir wollten nicht unhöflich sein, aber wer konnte so etwas Süßes und Triefendes überhaupt essen? Ich biss in etwas, das Bitterorange sein konnte. Zuckersaft lief mir über die Hände. Ich rang nach Luft. Ich schaute auf meine Schwester Daniela, ihr erging es nicht besser. Vanessa liebte eigentlich alles Süße, aber sie verzog den kleinen Mund, als auch ihr der Saft übers

Kinn lief. Daniela stürzte ein Glas Wasser hinterher und mir kam die erleuchtende Idee: Wenn ich Maro höflich um mehr Wasser bat, würde sie in die Küche gehen, und wir könnten das *Glyko* schnell loswerden, ohne dass sie es merkte und beleidigt wäre. Mein Griechisch war schon einigermaßen verständlich. Maro sprang auf, um uns mehr Wasser zu holen. Nun musste es schnell gehen! Wir schauten uns um. In den Blumentopf? Das war zu riskant, das würde Maro merken. Etwas anderes war nicht in Sicht. Also stopften wir uns kurz entschlossen den Inhalt aller drei Teller in die Hosentasche unserer Jeans. Glibberig lief uns der Zuckersirup langsam den Oberschenkel hinab, aber heldenhaft harrten wir aus. Da kam Maro wieder mit dem erlösenden Wasser. Freudig schaute sie auf unsere leeren Teller: „Oh, Ihr mögt mein *Glyko*, das freut mich aber riesig. Kleinen Moment, ich hole Euch gleich noch mehr!" Sofort verschwand sie wieder in der Küche. Wir blieben resigniert zurück. Als wir uns viel später endlich auf den Heimweg machten, waren unsere Beine bis in die Socken zuckerverklebt. Etwas zum Mittagessen brauchten wir nun wirklich nicht mehr.

Meine Lieblingsbeschäftigung war und ist es, in der Umgebung von Kalavasos auf Entdeckungstour zu gehen. Die Landschaft ist so vielseitig und zu jeder Jahreszeit so besonders und anders, dass ich stundenlang mit den Hunden oder hoch zu Ross mit meinem Pferd „Joggerboy", ein englisches Vollblut, durch die Natur streifte. Dabei entdeckte ich den Stausee, etwa vier Kilometer oberhalb von Kalavasos. 1985 gebaut, sollte er, wie die mittlerweile mehr als hundert anderen Staudämme in Zypern, der ständigen Wassernot entgegenwirken. Die steigende Bevölkerungszahl, die zahlreichen Touristen und die wachsende Agrikultur verschlangen schon damals immer größere Wassermengen.

Die schnellste und einfachste Art, Wasser zu sammeln, waren diese Reservoirs in günstiger Lage. Inzwischen wird durch die Staudämme eine Wassermenge von bis zu 330 Millionen Kubikmetern gespeichert. Das klingt nach viel, ist es aber nicht. Alleine der Stausee in Kalavasos speichert nach einer guten Regensaison 17 Millionen Kubikmeter Wasser. Da es aber immer seltener eine gute Regensaison gibt, ist der Stausee meist weniger als halbvoll, und das Gelände gleicht einer kargen Mondlandschaft.

Regnet es dann in einem Winter doch einmal richtig viel und steigt der Wasserspiegel bis zum obersten Punkt der Staumauer, wird der Ort zum Spektakel von Kalavasos. Dutzende der Dorfbewohner pilgern mit Holzkohlengrill und *Souvlaki* bestückt zur Staumauer. Da warten die Besucher dann gespannt darauf, dass das Wasser über die Mauer schwappt und sich Millionen von Kubikmetern Wasser in das Bett des vertrockneten Flusses Vassiliko ergießen. Selbst der Pfarrer darf nicht fehlen. Mit Weihrauch und Evangelium bewaffnet, hält er eine Litanei direkt an der Staumauer, balanciert gefährlich nahe am Abgrund und dankt Gott inbrünstig für den Wassersegen, der Leben und Wohlstand bringt. Die Landschaft rundherum ist vielseitig und faszinierend. Kleine Mimosenwäldchen wachsen neben undurchdringlichem Gebüsch, in dem sich unzählige Vögel tummeln. Die steinigen Hügel rund um den See liegen fast brach, nur spärlich von knorrigem Gestrüpp und Mastix-Gebüsch bewachsen. Direkt unterhalb der Staumauer befindet sich die Mine, die 1978 stillgelegt wurde. Funde belegen, dass hier schon seit der Antike nach Kupfer gegraben wurde.

Begeistert wandere ich an den zahlreichen Ein- und Ausgängen entlang, spähe vorsichtig in die Schächte hinein und balanciere auf den Schienen der ausgedienten Mineneisenbahn. Sie fuhr einst hinunter zum Meer nach Zygi. Die Trasse ist teilweise noch gut zu sehen. Beim Haupteingang steht, klein wie ein Spielzeug, die Kirche der heiligen Barbara. Sie ist die Schutzheilige der Minenarbeiter, die täglich ihr Leben unter Tage riskierten. Sie erzählt von tapferen, furchtlosen Männern, von eingestürzten Schächten, vom Wunder, als alle Arbeiter unverletzt geborgen wurden und von den fast ausgestorbenen Fruchtfledermäusen. Zum Glück haben sie im Innern der stillgelegten Mine ihr Winterlager gefunden. Hauptsächlich Kupfer wurde hier abgebaut, aber auch Schwefel und ganz früher sogar Gold.

Einer der Minenschächte gähnt vergessen senkrecht aus der Tiefe. Ich halte den Atem an und werfe einen Stein ins schwarze Loch. Erst nach mehreren Sekunden höre ich einen gedämpften Aufprall. Ich stelle mir schaudernd vor, wie die Männer damals mutig in die Tiefe stiegen, um pausenlos die Felsen mit simplen Spitzhacken und Schaufeln zu bearbeiten. Ich klettere über die brachen Abraumhügel. Die Aussicht von oben ist atemberaubend. Das Gestein schillert in der Abendsonne kupferrot, dunkelbraun, knallgelb und sogar grün. Durch den Gesteinsabbau hat sich eine Art Grand Canyon geformt. Wow, ich fühle mich mitten in einen Cowboyfilm versetzt. Dieser Weg wird sofort in mein Ausritt-Programm aufgenommen! Die Reitgäste werden begeistert sein, dachte ich mir. Das waren sie auch. Der Grand-Canyon-Trail wurde zum beliebtesten Ziel auf den Tagesritten der Gäste.

Ich pfeife meine Hunde zu mir und wandere weiter. Jetzt, im Februar, blüht bereits der wilde Ginster. Die Mimosenbäume tragen Knospen, bald würde ihre gelbe Blütenpracht förmlich explodieren. Vereinzelt finde ich Orchideen, deren liebliche Blüten emsig von Bienen und Schmetterlingen besucht sind. Anemonen, Felsröschen, wilder Spargel und Thymian verströmen einen betörenden Geruch. Das erfreut mein Herz und mit wachen Sinnen klettere ich weiter bergab. Ein Adler kreist über mir, sein Schatten fällt kurz über mich, bevor er im endlosen Blau des Himmels wieder verschwindet.

Ich komme in Drapia an, einem verlassenen Dorf mit zerfallenen Steinhäusern – Zeugen der Vergangenheit, die bei genauerem Betrachten ganze Geschichten von sich erzählen können. Die alte Frau Kyria Irini hat hier noch bis vor wenigen Jahren ganz alleine gelebt. Alle anderen Einwohner waren nach Schließung der Mine weggezogen, nur sie war durch nichts wegzubringen. Einmal bin ich mit „Joggerboy" durch Drapia geritten, und er hat sich riesig erschreckt, als Kyria Irini plötzlich mitten auf dem Weg stand, schwer bepackt mit Feuerholz. Das Pferd machte einen Sprung zur Seite und schnaubte erstaunt. Nicht minder erstaunt war die alte, gebeugte Frau, die vor Schreck das Holzbündel fallen ließ und uns feindselig anstarrte.

„Kalimera", grüßte ich höflich, sprang vom Pferd und half ihr, das Holz wieder aufzusammeln. Sie war ungewöhnlich mürrisch und sichtlich nicht gewohnt, mit Menschen umzugehen. Zu lange hatte sie hier schon in der Abgeschiedenheit gelebt. Ihre Verwandten in der Stadt besuchten sie nur selten. Nachdem sie mich mit eindringlichen Blicken taxiert und festgestellt hatte, dass ich ungefährlich war, lud sie mich zu einem Kaffee in ihre Hütte ein. Erstaunt nahm ich an und ließ „Joggerboy" friedlich grasen. Beim Eintreten in ihr Zuhause war ich mehr als verwundert. Ich fühlte mich um Jahrhunderte zurückversetzt. Das Steinhüttchen wankte unter einem Dach aus Ästen und Bambus, der Lehmboden war feucht, und ein Knäuel Decken in der Ecke verriet mir, dass dort ihr Schlaflager sein musste. Auf dem offenen Feuerherd hantierte sie mit Kaffee und Pfännchen, und im Nu braute sie herrlich duftenden Kaffee. Wir saßen auf wackeligen Holzstühlen. Ich schaute mich neugierig um. „Ja, schau nur", keifte die alte Frau, „so wie ich hier lebe, geht's mir noch gut! Drüben in Kyrenia, da haben wir alle in Angst und Schrecken gelebt." Aufmerksam hörte ich ihr zu. Ich liebte diese alten Geschichten – eigentlich alles Tragödien –, die mir das harte Leben von früher bildhaft vor Augen führten. „Weißt du eigentlich, wie arm wir drüben waren? Wir hatten ein paar Ziegen, und der *Halloumi*, den ich machte, war der beste, den du dir vorstellen kannst. Aber dann kam der Attila. Mein Mann und meine Söhne mussten in den Krieg. Die Ziegen haben die Türken als erstes geklaut. Vor meinen Augen haben sie sie geschlachtet und gelacht dabei! Als nächstes haben sie unser Haus abgefackelt. Was hätte ich denn tun sollen? Ich war alleine mit meinen beiden Töchtern und meiner Mutter. Wir flohen bei Leermond, bis ein Bus uns auflud und irgend-wohin in Sicherheit brachte. Zwei ganze Jahre mussten wir in Zelten wohnen. Zum Glück fand uns da dann irgendwann Georgios, mein Mann, es war ein Wunder! Beide Söhne haben wir verloren, die Türken haben sie einfach so erschossen. Andere Leute mussten acht ganze Jahre in den Zelten leben. Wir hatten Glück, da wir Bauern waren, hat die Regierung uns hier in Drapia untergebracht und sogar neue Ziegen hat sie uns besorgt."

Irini trank einen Schluck Kaffee und starrte schweigend ins Nichts. Gerade, als ich dachte, sie wolle nichts mehr sagen, fuhr sie seufzend fort. „Ja, und dann waren wir halt einfach da, in Drapia. Es war auch kein schlechtes Leben. Aber meinen Töchtern hat's hier nie gefallen. Sie zogen ihrer Tante nach Limassol und leben jetzt so ganz modern, mit Auto und solchen Sachen. Georgios starb 1980, nachdem die Mine geschlossen worden war. Ich glaube noch immer, dass sein Herz gebrochen war. Wir hatten ja schließlich alles verloren, unsere Heimat, unsere Söhne, unsere Tiere, unser Herz!" Betroffen scharre ich mit den Füßen im Staub. Was hätte ich sagen sollen? Was hätte die alte Irini trösten können? „Wolltest du denn nie weg von hier? Damals, als alle anderen auch wegzogen, als die Mine schloss?", fragte ich sie. „Und wieder alles verlieren und von vorne anfangen?" Sie sprang beinahe vom Stuhl. Ihre Augen sprühten Funken. „Niemals! Hier ist Georgios gestorben, hier sterbe auch ich!"

Traurigerweise kam es aber doch anders. Irini wurde, als sie so gegen neunzig Jahre alt war, ernsthaft krank. Ihre Verwandten holten sie ab, um sie nach Limassol zu bringen. Sie war wohl zu schwach, um sich zu wehren. Wenige Tage später starb sie im Krankenhaus von Limassol, an einem fremden, modernen Ort – ganz anders, als sie es sich gewünscht hätte. Ihr Grab habe ich in der Stadt nie besucht, aber mir war, als würde ihr Geist noch über dem endlosen Himmel von Drapia schweben. Fast meinte ich manchmal, als hörte ich ihre keifende Stimme zwischen den alten Steinhäusern: „Hier sterbe auch ich!"

In Gedanken noch immer in der Vergangenheit schwelgend, kehre ich nachdenklich nach Hause zurück. Diese geplagte Insel zieht mich immer wieder in ihren Bann. Tausende solcher Schicksale gibt es hier, und auch heute treten sie immer wieder mal an die Oberfläche unserer Wahrnehmung und mahnen uns, das Glück nie als eine Selbstverständlichkeit zu nehmen. Alles ist vergänglich. Ich blicke hoch und sehe den Adler. Er stößt einen schrillen Schrei aus und segelt, von den Krähen verfolgt, über den Horizont davon.

Reiten durch die bezaubernde Landschaft macht glücklich

Jogger Boy

Meine geliebten Pferde und unsere kleine Farm

WIE WIR EIN SCHÖNES, SCHNELLES, WEISSES, ABER NICHT SO BRAVES PFERD FANDEN, UNSERE EIGENE FAMILIE SICH FORMIERTE UND ICH MIT REITGÄSTEN SOWIE AUSGEBÜXTEN PFERDEN SO MEIN TUN HATTE. EINE SCHLANGE LÖSTE MEINE WEHEN AUS, ACH, UND DANN WAR DA NOCH UNSERE SELBSTSICHERE ESELDAME JENNY ...

Mein Markenzeichen ist und bleibt meine kleine Pferdefarm. Zu Beginn meiner Zeit in Zypern waren sich Sofronis und ich gleich einig, wir wollten ein Pferd. Ein schönes, braves, schnelles und weißes Pferd. Der romantische Gedanke wurde schnell Wirklichkeit. 1990 kurvten wir in unserem alten Jeep stundenlang durch die Felder von Kalavasos, auf der Suche nach dem richtigen Flecken für eine Pferdefarm. Uns boten sich unzählige Möglichkeiten, aber entweder überstiegen sie unser Budget oder aber hatten nicht die passende Lage. Als wir fündig wurden, war die Freude grenzenlos. Wenn ich denke, wie hoch die Preise heute sind, kann ich nur sagen, dass das Land vor mehr als 20 Jahren durchaus noch erschwinglich war. Wir kauften etwa fünf Acres braches Land. Ein Acre sind 4046 Quadratmeter. Also hatten wir genau 20.230 Quadratmeter. Das sind mehr als zwei Hektar.

Unser Land glich einem Biotop voller wilder Kräuter. Böse Menschen sagen, es sei Unkraut. Einige alte Olivenbäume zierten das Terrain. Was wir dringend brauchten, war ein Stall. Schon nach wenigen Monaten stand ein einfacher, praktischer Unterstand. Gut, das Dach fehlte noch, aber wann regnet es schon auf Zypern?

Nun ging die Suche nach dem Pferd los. Wir hatten bereits zwei Hunde, die mit uns in der Wohnung in Kalavasos lebten und in der Nachbarschaft nicht allzu beliebt waren. Das lag schlicht daran, dass die beiden drinnen wohnten und zwar auf dem Sofa, während wir des Öfteren mit alten Holzstühlen Vorlieb nehmen musste. Das gehörte sich einfach nicht, und das Kopfschütteln der Dorfbewohner war nicht zu übersehen.

Wir packten also Sämy und Joy, unsere Hunde, in den Jeep und klapperten die großen Rennpferde-Farmen in Limassol ab. Bald wurden wir fündig. Jogger Boy stand in einem Stall, schön, schnell, weiß – nur eben nicht so brav, wie sich bald zeigen sollte.

Frisch von der Rennbahn war er mit sieben Jahren bereits pensioniert worden, um Platz zu schaffen für die jüngere, schnellere Generation von Pferden. Daher stand er zum Verkauf. Dieses riesige Pferd erschreckte mich zwar etwas, aber Sofronis schlug heldenhaft vor, dass er mal mit Rennsattel, Zaumzeug und Birkenstocksandalen aufsteigen würde. Kaum gesagt, saß mein Mann oben und donnerte mit fliegenden Hufen und Haaren über die Koppel. Mir blieb die Sprache weg! Ein Traum wurde wahr, dieses Pferd gehörte zu uns. Es ist schnell und temperamentvoll, aber gleichzeitig so liebevoll und freundlich zu Menschen. Wir freundeten uns also sogleich mit ihm an, bezahlten und fuhren mit dem geliehenen Transporter los. Atemlos stiegen wir auf unserer Farm aus dem Wagen, beide mit einem verträumten Lächeln und aus dem Transporter schoss ein weißer Blitz, vom Strick selbst befreit und bereit, die neue Welt kennenzulernen. Er galoppierte endlose Runden durch die bestellten Felder, dass die erntereifen Kartoffeln uns nur so um die Ohren flogen. Er sprang über Nachbars Zaun, nicht ohne die frisch bearbeitete Erde aufzureißen. Schließlich kam unser neues Pferd schnaubend zu uns zurück, die wir zur Salzsäule erstarrt warteten.

Dies war der Anfang einer ewigen Liebe und tiefen Freundschaft und der Anfang unserer legendären Farm, die uns so viel Freude und Leid verschaffen sollte.

Jogger Boy blieb nicht lange allein. Bei einem Ausflug nach Paphos (ohne Pferd) kamen wir an einer Bruchbude von Stall mit massenhaft unglücklichen Pferden, Ponys und Eseln vorbei. Der Besitzer, ein alter Priester mit Bart, Soutane und Mistgabel, wollte uns gleich eine ganze Pferdeherde verkaufen. Die zum Skelett abgemagerten, armen Kreaturen taten uns unendlich leid. Wir wollten sie alle, ich wurde zum ersten Mal mit der anderen, bewölkten Seite der Sonneninsel Zypern konfrontiert – dem Elend der Tiere. Wir konnten wirklich nicht einen ganzen Bestand an Pferden kaufen, da fehlte das Geld. Doch konnten wir uns auch nicht entscheiden, welches Tier uns am meisten leidtat. Wir traten traurig und enttäuscht den Rückweg zum Auto an. Beim Gang zum Jeep hörten wir ein leises Schnauben. In der prallen Sonne stand ein Eselfohlen, am Fußgelenk festgebunden. Der Strick hatte das Bein bis auf den Knochen aufgescheuert und Tausende von Fliegen summten um die Wunde und den Kopf des armseligen Tieres.

Sofronis fuhr den Priester wütend an. Ehrlich gesagt, habe ich nicht viel verstanden, obwohl ich schon Griechisch sprach, aber mein Mann war so wütend, und die Antworten des Pfarrers so gehässig, dass ich nur ahnen konnte, welcher Schlagabtausch hier vor sich ging. Schließlich wechselten ein paar Geldscheine den Besitzer, und der kleine Esel befand sich auf der Ladefläche unseres Jeeps. Erst nach ein paar Kilometern wagte ich zu fragen, wie viel wir denn nun bezahlt hätten. Oje, das bleibt besser ein Geheimnis! Sagen wir einfach, dass wir nun eine Weile sehr sparsam sein mussten. Doch dafür gehörte nun Jenny, der Esel, zu unserer Familie!

Inzwischen hatten wir auch angefangen, ein kleines Haus zu bauen, direkt auf der Farm. Zwar hatten wir weder eine Baubewilligung noch architektonische Pläne, aber wer will sich schon mit solchen Details aufhalten, wenn wir doch nichts weiter als ein kleines Farmhäuschen bauen wollten? Unsere Wohnung im Dorf hatte inzwischen ihren Reiz verloren, wir hatten dort einfach keine Privatsphäre. Es kam vor, dass um neun Uhr abends Touristen anklopften, die herausgefunden hatten, wo wir wohnten. Sie wollten uns oft in solchen Fällen dann lediglich mitteilen, dass sie eine Tasse zerbrochen und diese gerne ersetzt hätten. Oder unsere vielen Nachbarn hatten uns irgendwie dauernd unter Beobachtung. Besonders ich war im Visier. Sie wollten sehen, ob ich zu Hause sei, und wenn ja, ob ich auch brav Hausarbeit mache. Oder sie waren neugierig, wer denn der junge Mann sei, mit dem ich jetzt öfter zu sehen sei. Es war mein Bruder auf Besuch. Dazu kam, dass unsere übermäßig lauten Nachbarn, mit denen wir wirklich Wand an Wand wohnten und die wir sogar in ihren Sanitärräumen hörten (ja ja, sie uns auch), noch Zwillinge bekamen. Und die waren ebenso laut. Da war die Entscheidung schnell getroffen: Wir ziehen um. Auf der Farm ist das Leben idyllischer, und dort findet uns so schnell niemand!

Also bauten wir Stein um Stein, Fenster um Fenster, und langsam entstand ein gemütliches, kleines Häuschen mit großer Veranda, auf der wir in Zukunft oftmals mit Jogger Boy frühstückten. Er liebt Honigbrote. Während des Baus ging das übrige Leben natürlich weiter. Mein Vater wurde plötzlich krank. Ich flog sofort in die Schweiz und merkte dort, dass ich schwanger war. Ich war plötzlich konfrontiert mit dem Tod und mit dem Leben, irgendwie beides zusammen. Da spürte ich, wie es in mir rumorte, in meinen Gedanken, und wie schwer es mir fiel, das gleichzeitig zu akzeptieren. Ich war hin und her gerissen zwischen tiefer Trauer über den Verlust meines Vaters und der frohen Botschaft unseres ersten Kindes, auf das wir schon sehnsüchtig gewartet hatten. Kaum waren wir nämlich verheiratet, waren irgendwie sämtliche Blicke ausschließlich auf meinen flachen Bauch gerichtet. Ich hörte täglich Sätze wie diesen: „Na, wann ist es denn endlich soweit? Wartet bloß nicht zu lange." Das hatte uns so genervt. Und nun hatte unser erstes Kind scheinbar beschlossen, erst dann zu uns zu kommen, wenn ein anderer geliebter Mensch Abschied nehmen musste. In jedem Leben ist es doch so, dass die Dinge ihren Lauf nehmen und man manchmal nur wenig Einfluss darauf nehmen kann. Die Spirale dreht sich. Freud und Leid wechseln sich ab. Ich verbrachte einige Zeit bei meiner Mutter in der Schweiz, um ihr beizustehen und zu versuchen zu akzeptieren, dass sich eben alles wandelt. Dieser Wandel ist unabwendbar. Das einzusehen, brachte mich auf dem Weg zum Erwachsenwerden einen großen Schritt voran.

Derweil ging der Bau unseres Häuschens stetig voran. Der Einzug war für mich die prägendste Phase meines ganzen Lebens. Mir wurde klar, dass ich nun endlich mit meiner kleinen Familie eigene Wurzeln geschlagen hatte. Ich war angekommen – mit Mann, Kind, Haus, Tieren und Gemüsegarten (der je nach Aufwand mal gedieh, mal marode aussah). Sofronis und ich hatten eine arbeitsreiche und befriedigende Zeit. Er war voll eingespannt mit dem Projekt Cyprus Villages, das sich stetig vergrößerte und immer erfolgreicher wurde. Ich ging komplett auf in meiner Aufgabe als (dann ein paar Jahre später dreifache) Mutter, Hausfrau und Pferde- und Gemüsepflegerin. Kinder und Pferd gediehen übrigens vorbildlich, während sich der Gemüsegarten bald verabschiedete. Jäten und buddeln, dazu reichte meine Zeit dann doch nicht aus.

Wir lebten im Einklang mit der Natur, unsere Kinder spielten im Sand, zwischen nunmehr sieben Hunden, ein paar Enten und ein paar Ziegen, und Jogger Boy sowie natürlich Jenny. Auf der Veranda erhielten wir oft tierischen Besuch, der nach Keksen bettelte.

Die ersten zehn Jahre hatten wir keinen Strom, dafür nahmen wir an einem finnischen Pionierprojekt für Solarstrom teil. Für den unwahrscheinlichen Fall, dass die Sonne mal nicht scheinen würde, besorgten wir uns zusätzlich einen alten, hustenden Generator, damit wir im Notfall doch Strom hätten. Der Solarstrom aber war schlicht gesagt faszinierend. Wir hatten Licht, ganz schwach zwar, aber immerhin brannten die Glühbirnen. Wir konnten sogar fernsehen! Wir kauften ein Videogerät, wobei allerdings der Strom nach 20 Minuten „Bambi" oder „Aladdin" den Geist aufgab, es reichte einfach nicht für mehr. Die Kinder fanden das ganz normal. Es war eben so, dass ein Video aus kurzen täglichen Sequenzen bestand und die Kinder sich dann mitten in der Geschichte wieder anderen Spielen zuwandten. Am nächsten Tag ging es ja wieder weiter. So brauchten sie gut und gern vier Tage, um ein Video fertig zu schauen. Der Generator war auch keine Lösung, denn irgendwie funktionierten damit weder Fernsehgerät noch Videoapparat. Es ging nur das Licht, und eben auch das nur schwach. Unser altersschwacher Generator zeigte zudem kräftige Macken, trotz neuester Technologie mit Fernzünder.

Obwohl ich das Leben auf der Farm liebte, war es mir nicht

ganz geheuer, nachts im Dunkeln und womöglich noch im Regen die 200 Meter zum Generator-Schuppen zu gehen, daher der Fernzünder. Nur half der auch nicht, um die alte Maschine besser zum Laufen zu bekommen. So gewöhnte ich mir an, abends Dutzende von Kerzen in Mandarinen von unseren vielen Bäumen zu stecken und bei Kerzenlicht sowohl zu kochen als auch Kinder zu wickeln und schöne Geschichten von Feen zu erzählen. Klar, denen gefiel es ja auch nur im Dunkeln richtig gut, und die Kinder brauchten sich nicht zu fürchten. Warum auch? Niemand hatte ihnen erzählt, dass man sich im Dunkeln fürchten solle.

Es gab auch noch ein paar andere kleine Probleme mit unserem Haus auf dem Land. Da war zum Beispiel außer einem Kamin in der Stube, keine Möglichkeit zu heizen. Kaum zu glauben, aber im Winter fallen selbst in Zypern die Temperaturen manchmal unter null Grad. Wie konnten wir unsere kleinen Kinder nachts warmhalten? Wenn sie friedlich in Decken gewickelt schliefen, konnte ich ihren Atem als kleine Wölkchen über ihrem Gesicht sehen. Wenn sie dann die Decken wegstrampelten, würden sie ja erfrieren. Also nähte ich tagelang an Schlafsäcken, die ich in dicke Decken verpackte. Dann war auch dieses Problem gelöst. Die Kinder schliefen kuschelig warm in ihrem Nestchen. Morgens dann robbten sie quer durchs Haus, durch den Schlafsack am Gehen gehindert, um zu uns ins Bett zu gelangen und zu kuscheln.

Da waren auch viele Tiere, die sich entschieden hatten, mit uns unter einem Dach zu wohnen. Sie kamen vor allem im Sommer, da unser Haus durch die dicken Steinwände schön kühl gehalten wurde. Jeden Morgen wenn ich aufstand, fegten Mäuse durch die Küche. Aber wenn wir dann strikt alle Lebensmittel weggesperrt und alle Teller abgewaschen hatten, packten auch die ihr Bündel und zogen hinunter zu den Pferden. Da gab es reichlich Futter. Wir gewöhnten uns an zahlreiche Insekten, Käfer, Ameisen, Nachtfalter, einmal eine Fledermaus im Bad, Igel in der Küche und Eidechsen in schillernden Farben. Sie hatten ja nichts Böses im Sinn, wollten einfach dabei sein. So lebten wir in friedlicher Eintracht mit ihnen im und ums Haus herum.

Ich geriet nur einmal in Panik. Ich war hochschwanger mit Nick, unserem dritten Kind. Für Andy und Melina hatten wir einen kleinen Sandkasten gebaut, in dem sie stundenlang unter dem Olivenbaum – geschützt vor der Sonne – Sandburgen bauten. Eines nachts kläfften alle Hunde gemeinsam den Sandkasten an, irgendetwas stimmte da nicht. Sofronis war in der Taverne beim Arbeiten, und die Kleinen schliefen bereits. Ich eilte hinaus. Mir blieb für einen Moment das Herz stehen: Wo vor kurzem noch die Kinder friedlich gespielt hatten, räkelte sich jetzt eine ausgewachsene, fette Viper. Sie schien unbeeindruckt von den bellenden Hunden. Mein Bauch war so dick, dass ich mich normalerweise nur träge fortbewegen konnte, aber – hui – bei diesem Anblick wurde ich von Flügeln getragen! Im Haus griff ich nach unserem Mobiltelefon. Es war ein unzuverlässiger Riesenapparat, groß wie ein Ziegelstein. Gott sei Dank hatte ich ausnahmsweise sofort Empfang. Mein Retter in der Not war wie immer Marianne. Sie kam in kürzester Zeit mit ihrem Mann und einer abgesägten Schrotflinte. Die Schlange hatte inzwischen natürlich das Interesse am Kinderspielzeug verloren und sich auf den Weg ins Dickicht gemacht. Das konnte ich nicht zulassen! Ich bin gegen das sinnlose Töten von Tieren, natürlich, aber hier hieß es: entweder meine Kinder oder die Schlange! Also bewarf ich das überraschte Tier mit Sandspielzeug, um sie vom Gebüsch wegzulenken. Mal flog ein Eimerchen, mal eine Schaufel. Ich schaffte es schließlich, dass die Viper bei Christakis' halsbrecherischer Ankunft brav vor der Hauswand lag. „Peng!", machte es, und die Schlange lebte nicht mehr. Mir fiel ein Stein vom Herzen und mein Kind im Bauch tiefer. Es ruckte einmal, zweimal und die Wehen setzten ein. Mein Baby wollte offensichtlich wissen, was da so geknallt hatte. Am nächsten Nachmittag war es auf der Welt. Dieses Erlebnis war mir eine Lehre. Ich hatte zwar gewusst, dass es Schlangen gab, aber die hielten sich gewöhnlich fern von Haus und Hof. Die meisten sind auch nicht giftig. Danach wurde sämtliches Gestrüpp rundherum geschnitten. Ich kontrollierte mit Hilfe meiner treuen Hunde regelmäßig das Gelände. Zur Verteidigung der Schlangen, denen ich normalerweise nicht böse gesonnen bin, muss ich sagen: Dies war der einzige Zwischenfall dieser Art.

Wir hatten also unser kleines Reich aufgebaut, mit Haus, Kindern, Tieren und Garten. Aber unser Entschluss stand fest: Wir wollten mehr Pferde und in Kombination mit Cyprus Villages Reitferien anbieten. Die idealen Reitpferde dafür fanden wir in Israel. Dasselbe Klima, dasselbe Futter, also für die Tiere keine große Umstellung, in Zypern zu leben. Nach zwei Besuchen in Israel und ewigem Gestreite mit den hiesigen und dortigen Behörden gehörten Montana, Presto, Juan und Dakota zu unserem Team. Wundervolle Westernpferde, bestens ausgebildet und geradezu ideal für Reitgäste aus aller Welt. Es kam auch noch Cheyenne dazu, eine junge Appaloosa-Stute, die allerdings noch viel Training brauchte.

Nun wartete viel Arbeit auf mich. Doch ich brannte vor Eifer. Natürlich brauchte ich Hilfe und durch Zufall traf ich auf Anne, eine tatkräftige Engländerin mit demselben Enthusiasmus für Pferde. Die Jahre vergingen wie im Flug. Die Pferde bereiteten mir und unseren Gästen viel Freude. Unsere Reiterinnen und Reiter waren eine Bereicherung und schätzten sowohl die trittsicheren, zuverlässigen Pferde als auch die abwechslungsreiche Landschaft. Unsere Gäste ritten auf unseren Tagestrails, werden verwöhnt mit bestem Service und köstlichen Picknicks. Es macht viel Spaß, die Ausritte zu planen und durchzuführen.

Als Anne einen Ausritt führte, erreichte mich allerdings einmal ihr Anruf in Panik: „Oh weh, da sind überall Menschen, die Drachen steigen lassen. Die Pferde haben alle beim Picknick gescheut. Presto und Dakota sind ohne Reiter einfach abgehauen. Komm und finde sie!" Naja, das klingt so einfach, aber ich kochte gerade Mittagessen, sang ein Schlaflied für das kleinste Kind. Ich wollte gerade noch die Legosteine aufräumen und fünf Waschmaschinen füttern, weil endlich einmal der Generator funktionierte. So ist das. Jetzt musste ich alles stehen und liegen lassen, meine schlafenden oder spielenden Kinder in den Jeep packen und in Richtung Asgatha Dorf rasen. Genau da vermutete ich die vierbeinigen Ausreißer. Kaum fuhr ich durch die Ortschaft, fielen mir mehrere aufgeregte Menschen auf, die die Straßen rauf und runter rannten. Auf meine Frage, ob sie ein paar Pferde gesehen hätten, wedelten sie hektisch mit den Händen in Richtung Kirche. Der alte Pfarrer mit wehender Soutane und schief gerücktem Hut flehte mich an, die „Monster" schnellstens aus dem Kirchengarten zu entfernen.

Ich staunte. Tatsächlich, da standen die Pferde. Sie kauten friedlich die kirchlichen Geranien im Kirchenhof. Die rufenden Menschen, die sich nicht näher herantrauten, scherten sie nicht. Dann erfuhr ich, was geschehen war. Unsere Pferde waren im fliegenden Galopp durch die Ortschaft gerast, mit lautem Schnauben am Supermarkt vorbei. Da rissen sie den Gemüseständer in aller Eile um und zogen ihn unfreiwillig hinter sich her. An ihren Hufen klebten die Tomaten. Auch hatten sie den

altersschwachen Esel des Ziegenbauern am Dorfrand aufge-
wiegelt. Der an sich ruhige Esel war nun schreiend und um
sich tretend den wilden Pferden durch das Dorf gefolgt. Trotz
seiner dreißig Jahre schien er sich wie im siebten Himmel zu
fühlen. Der Esel allerdings hatte sich nicht mit dem Kirchengarten begnügt, er stürzte über den Hühnerhof und landete
dabei unsanft im Coffeeshop zwischen Tischen und Kaffee
trinkenden Männern.

In meiner Eile hatte ich leider vergessen, Führstricke für
die ausgebüxten Pferde mitzunehmen. Da ich auch noch ein
Kind auf den Hüften und eines an jeder Hand hatte, war ich
ein bisschen unsicher, wie ich die kleine Herde sicher nach
Hause oder – noch besser – zurück zu den Reitern bringen
könnte. Aber es zahlte sich nun wirklich aus, dass ich mit
allen Pferden ein so gutes Vertrauensverhältnis habe. Ich
kratzte ein paar Karotten von ihren Hufen ab als Leckerli und
kurz darauf folgten sie mir, brav wie Lämmer, durch das Dorf
Asgatha, ganz ohne Strick. Ich musste sie nicht einmal festhalten. Da war ich doch ziemlich stolz auf meine Vierbeiner.
Der alte Esel lugte inzwischen aus der Verandatür des Coffeeshops und schnaubte uns fröhlich hinterher. Endlich waren
Pferd und Reiter wieder vereint. Anne und die Gäste waren
froh, den abenteuerlichen Ausritt zu Ende führen zu können,
und meine Kinder und ich stiegen wieder ins Auto, um uns
zu Hause unserem Alltag zu widmen.

Ja, der Alltag war schon immer erfüllt von Kindern, Pferden
und Gästen. Meistens ist es lustig und spannend, aber
manchmal wurde ich auch an die Grenzen meiner Belast-
barkeit gebracht. Dann nämlich, als Anne leider zurück nach
England ging und ich alles alleine bewältigen musste. Ich
hatte zwar ein Teilzeit-Au-pair Mädchen aus der Schweiz
und war somit froh, meine Kinder tagsüber in guten Händen

zu wissen. Aber auf der Farm war Hochsaison und keine Hilfe in Sicht. So musste ich oft schon um fünf Uhr im Stall sein, füttern, misten, Pferde striegeln. Wieso wälzen sich Pferde eigentlich so gerne im Schlamm? Ich weiß es nicht. Und um Punkt neun Uhr trafen die Reitgäste ein, meistens sechs Personen, sodass mit Jogger Boy für mich insgesamt sieben Pferde geputzt und gesattelt bereitstehen mussten. Meistens war ich schon früh durchgeschwitzt – sogar in der Wintersaison – und hatte Blasen an den Händen (nach einem Wochentrail auch zusätzlich woanders ...) und musste trotzdem fröhlich und kompetent die Gäste durch die Landschaft Zyperns führen. Zum Glück hatten wir immer nur erfahrene Reiter im Programm und somit machte es mir schon immer trotz der Anstrengungen sehr viel Freude.

Wenn wir dann gegen Abend wieder auf der Farm eintrafen, wollten alle gerne Kaffee trinken und noch einmal den wunderbaren Tag besprechen, sodass ich selber die Pferde absatteln, waschen und füttern musste, ganz ohne Kaffee für mich. Wenn ich dann mit erhitztem Kopf und etwas atemlos von der Arbeit die Gäste für den Tag verabschiedete, wurde ich zu Hause von drei fröhlichen Kindern überfallen, die mir ganz dringend erzählen mussten, was sie heute alles so gemacht hatten. Sie wollten gebadet, gefüttert und besungen werden und leider schlief ich mehr als einmal bei der Gutenachtgeschichte einfach ein. Und am nächsten Tag ging es weiter wie gehabt, und die fröhlichen Reitgäste trafen ein und mehr als einmal hörte ich sie sagen: „Ach, du hast aber ein schönes Leben – den ganzen Tag Reitferien machen, das ist ja ein toller Job ...“

Ich blickte dafür argwöhnisch auf unsere Eseldame Jenny, die gerne ihren faulen Alltag genoss. Eigentlich sollte auch sie etwas zu ihrem Dasein beitragen, dachte ich so und beschloss, sie in unser Familienprogramm für Gäste von Cyprus Villages aufzunehmen. Ich plante, dass sie in ihren Satteltaschen ein leckeres Picknick tragen sollte. Mit Eltern und Kindern würde sie künftig schöne Wanderungen unternehmen. Ich wusste zwar aus Erfahrung, dass sie, wie Esel nun mal sind, eher störrisch war, aber bisher ging mit gutem Zureden immer alles gut. Also fertigte ich simple Broschüren an und versprach darauf unseren Gästen eine einmalige Erfahrung mit Jenny in der wunderschönen Natur.

Die erste Familie meldete sich voller Vorfreude an. Ich strich Brote, packte Früchte und Getränke ein und packte Jennys Taschen voll mit Leckereien. Sie stand gelassen da und begrüßte die enthusiastische Familie mit einem langgezogenen „iiii-aaah". Mit meiner gezeichneten Wanderkarte machte sich die Familie auf den Weg – zusammen mit Jenny versteht sich. Geplante Gehzeit: zwei Stunden. Da konnten sie mit dem lieben Eselchen die soeben erwachte Frühlingszeit erleben. Idyllische Wanderpfade waren zu beschreiten, und die Kinder würden Eindrücke gewinnen, die sie nie wieder vergessen sollten.

Ja, Eindrücke gewannen die Kinder. Allerdings andere als geplant. Eine Stunde später hörte ich plötzlich lautes Hufgetrappel. Die Pferde waren doch alle friedlich auf der Weide. War etwa eins ausgebrochen, dachte ich. Ich wollte schon nachsehen, als Jenny mit geblähten Nüstern in vollem Galopp um die Ecke bog, den zerfetzten Picknickkorb hinter sich her schleifend. In ihrem Maul hing noch ein Stück Brot, ein Hinweis auf ein missglücktes Picknick. Sie trabte an mir vorbei und trottete schnurstracks durchs Tor in den Stall, wo sie schnaubend stehen blieb und mich vorwurfsvoll anschaute. Ihr Blick sprach Bände. Abzulesen war in etwa ein Vorwurf wie dieser: „Wie konntest du nur von mir verlangen, dass ich mein müßiges Leben für wanderbegeisterte Touristen aufgebe!"

Ich machte mich auf den Weg, um die Familie zu suchen. Sie dürfte sehr aufgebracht sein. Ich machte mich auf einiges gefasst. Keine Minute später vernahm ich Kinderlachen. Da waren sie: zwar verschwitzt, durstig und hungrig, aber doch immerhin guter Laune. Das Mädchen und der Junge stürzten auf mich zu und außer Atem begannen sie, mir von ihrem Abenteuer zu erzählen. „Du, dein Esel ist aber gar nicht brav! Zuerst ging's ja noch, ich durfte ihn sogar einmal führen. Aber als er dann immer schneller ging, musste Papa ihn halten. Ich kam nicht mehr hinterher. Irgendwann ging er so schnell, dass Papa rennen musste und fest an seinem Strick zog."

Das andere Kind fiel mit ein: „Ich hatte solchen Durst und wollte etwas aus seiner Tasche nehmen, aber er lief zu schnell und Papa konnte ihn einfach nicht bremsen." Lachend ergänzte Papa die Geschichte: „Also, so ein sturer Esel! Irgendwann blieb er dann wie ein Klotz stehen, und wir wollten schon das Picknick ausbreiten. Da hat er ganz große Augen gemacht, schmiss sich ins Gebüsch und streifte die Satteltaschen einfach am Boden ab. Wir trauten uns nicht, zu ihm hin zu gehen und als er wieder aufstand, fraß er in Windeseile unser ganzes Picknick auf. So schnell habe ich noch nie ein Tier fressen gesehen. Die Wasserflaschen hat er zertrampelt, dass es nur so gespritzt hat. Als ich glaubte, ihn am Halfter packen zu können, hat er rechtsum kehrt gemacht und ist einfach davon galoppiert. Die Wanderkarte hat er auch gefressen, wir sind heilfroh, dass wir den Heimweg gefunden haben ..."

Lachend verabschiedete sich die nette Familie, allerdings trauten sich die Kinder nicht, Jenny noch einmal zu streicheln. Und logischerweise mussten sie auch nichts bezahlen, dieser

Ausflug war eher ein Desaster als eine schöne Urlaubserfahrung. Am nächsten Tag ging ich durch unsere Gästehäuser und sammelte alle Esel-Prospekte wieder ein. Ich hatte den Eindruck, Jenny musste sich tagelang das Grinsen verkneifen. Ich konnte ihr nicht böse sein, für mich blieb sie die beste Eselin der Welt!

Mit Hunden ist es nicht viel anders. Als ich nach Zypern kam, hatte Sofronis einen Hund namens Jacky. Er nahm ihn überall hin mit, verwöhnte ihn mit bestem Futter. Nur nachts schlief er draußen auf der Veranda seiner Wohnung in Kalavasos. Ich fand, es sei viel zu kalt, und der Hund, ein Schäferhundmischling, durfte in die Stube. Jacky genoss sein neues Privileg und schlief zufrieden vor dem Kamin. Als er eines nachts winselte, holte ich ihn neben unser Bett, wo er auf dem weichen Teppich noch zufriedener schlief. Sofronis gewöhnte sich daran, dass der Hund abends auf dem schönen Sofa lag und wir mit Holzstühlen vorlieb nehmen mussten.

Ich war mir nicht bewusst, dass Sofronis mit Jacky eine Ausnahme war auf dieser Insel. Hunde waren in Zypern generell nicht sehr beliebt. Die meisten hielten sie höchstens angekettet draußen im Hof oder unter einem Baum. Es waren meistens Jagdhunde, die nur zwei Monate im Jahr mit zur Jagd durften, um die erlegten Hasen und Steinhühner zurückzubringen. Oft waren es arme, zum Skelett abgemagerte Kreaturen, die ohne Kontakt zu Menschen oder anderen Hunden ein klägliches Dasein fristeten.

Ich erlitt meinen ersten Kulturschock. Schließlich war ich mit Hunden aufgewachsen und war daran gewöhnt, dass sie vollwertige Familienmitglieder waren. Hier war das anders, und das machte mir zu schaffen. Bei fast jedem Spaziergang traf ich auf solche armen Hunde. Was sollte ich tun? Ich musste ihnen zu Fressen geben und die nötigen Streicheleinheiten. Sofronis versuchte, mir zu erklären, warum Hunde hier anders gehalten wurden als in der Schweiz, aber es ergab für mich keinen Sinn. Ich war traurig und enttäuscht von den Menschen.

Eines Tages erspähte ich auf einem Hügel einen braunweiß gefleckten Jagdhund, der offensichtlich herrenlos war. Als ich versuchte, mich ihm zu nähern, verschwand er mit eingezogenem Schwanz im Gebüsch. Ich sah, dass er nur noch aus Haut und Knochen bestand. Täglich versuchte ich auf ein Neues, mich ihm zu nähern, warf ihm Schinken hin. Nach langen zwei Wochen kroch er auf allen Vieren zu mir und ich konnte ihn streicheln und füttern. Entsetzt sah ich, dass er statt eines Halsbands einen Elektrodraht um den Hals hatte, der ihm schon richtig ins Fleisch gewachsen war. Nach etlicher Zeit vertraute mir die Hündin so weit, dass ich sie hochheben konnte. Ich nahm sie mit und fuhr mit ihr zum Tierarzt.

Der Tierarzt riet mir allerdings, den Hund einzuschläfern. Er sei ja sowieso nur noch ein Skelett und mit dieser Infektion am Hals sei nicht sicher, ob er einen Eingriff überhaupt überleben würde, meinte er. Aber diese Hündin verkörperte für mich das ganze Hunde-Elend hier. Ich musste wenigstens sie retten. Die Operation dauerte eine Ewigkeit. Ich musste dem Arzt helfen, den eingewachsenen Draht aus dem Gewebe herauszuschneiden. Die Hündin überlebte, und ich nannte sie Thio (Onkel). Sie wurde zu einem fröhlichen, treuen Hund, der sich mit meinen anderen Hunden gut verstand. Also beherbergte ich auf meiner Pferdefarm nicht nur Jogger Boy und Jenny, sondern auch mehrere gerettete Hunde. Da waren auch noch Gatras (Asphalt), ein beiger Welpe, den Sofronis aus einem Fass mit frischem Teer gefischt hatte, die etwa drei Wochen alten Welpen Tick, Trick und Track, die ich in einer geschlossenen Kartonschachtel fand. Dann Akamas, den meine Schwester und ihr Mann halb verdurstet und mehr tot als lebendig im Naturschutzgebiet Akamas fanden. Und Said, ein winziger Dobermann-Welpe, den ich mit der Flasche aufziehen musste. Und natürlich Samy und Joy, meine treuen Begleiter, die übrigens als einzige ins Haus hineindurften. Mein lieber Mann war zwar sehr tolerant, aber übertreiben wollte ich es auch nicht.

Niemand kann unbegrenzt arme Hunde bei sich aufnehmen. So war ich überglücklich, als ich beim nächsten abgemagerten Hund, den ich auf der Hauptstraße vor einer Kollision mit einem Lastwagen rettete, auf liebe Touristen traf. Sie nahmen das arme Tier gern mit in die Schweiz. Sie nannten ihn Doxa und schickten mir wundervolle Fotos von ihm, wie er selig im weichen Hundebett schlief und endlich aussah wie ein echter Hund und nicht wie ein misshandeltes Skelett. Mein Entsetzen nahm allerdings kein Ende, als meine Hundeschar brutal dezimiert wurde. Bei einem kurzen Spaziergang erwischten Thio und Gatras etwas Giftiges und beide starben qualvoll, noch bevor ich sie hätte zum Tierarzt bringen können. Mir brach es das Herz.

Von diesem Zeitpunkt an nahm ich Hunde nur noch für kurze Zeit auf, bevor ich sie in ein Hundeheim in Paphos vermittelte. Es war bis zum Bersten voll. Doch es versuchte, ihnen ein gutes Zuhause zu finden. Die Pfleger waren wie Helden, die mit einem Lieferwagen auf der ganzen Insel abgemagerte oder herrenlose Hunde aufnahmen und sie ins Heim holten.

Inzwischen gibt es mehrere solcher Tierheime, einige davon vermitteln sogar Hunde nach Deutschland und in die Schweiz. Ich werde oft gefragt, ob sich ein Mensch überhaupt an das Entsetzen über unglückliche Tiere jemals gewöhnen könnte. Nein, sage ich dann, das kann niemand. Bei mir gerät sogar die Liebe zu Land und Leuten oft ins Wanken, wenn ich wieder einmal mit dem Elend der Tiere konfrontiert werde. Tiere sind hier, wie in anderen Mittelmeerländern auch, eine Ware, haben keine Seele und gehören sicher nicht zur Familie. Diese Einstellung hat sich zum Glück mit der Zeit stark geändert. Alleine in Kalavasos gibt es inzwischen viele glückliche Haushunde, die in den kühlen Morgen- und Abendstunden Gassi geführt werden. Die jüngere Generation ist bereits tierlieber, die Situation hat sich merklich verbessert. Meine Hunde werden jedenfalls immer besonders alt. Erst wenn sie in hohem Alter sterben, nehme ich wieder arme Hunde auf, ob aus dem Heim oder von der Straße.

Tja, das Alter. Die Jahre vergehen wie im Flug. Unsere Kinder wurden langsam flügge und zogen in die Welt. Ich widmete mich vermehrt wieder Cyprus Villages, wo immer Not an der Frau war. Ich betreute hauptsächlich die Gäste und kümmerte mich um sämtliche Details, die ein Geschäft dieser Art so mit sich bringt. Die Pferde wurden natürlich auch alt. Ich beschloss, die Ausritte stark zu reduzieren. Langsam wurde die Frage aktuell: Wie geht es jetzt weiter, wenn die Pferde älter als zwanzig Jahre sind? Sofronis und ich hatten entschieden, dass die Tiere auch ohne zu arbeiten bei uns ihr ganzes Leben verbringen durften. Allerdings bekam ich ein Angebot von einem guten Freund, der mir Cheyenne, die Appaloosa-Stute abkaufen wollte, da er schon mehrere Pferde dieser Rasse hatte. Da Cheyenne aber beste Freundin von Dakota war, und ich sie niemals trennen wollte, musste er beide nehmen.

Auch Milly, das Pony, fand ein neues Zuhause. Sie war noch jung und liebte Kinder über alles. Zurück blieben Jogger Boy, Juan, Montana, Presto und Jenny. Ich setzte mit dem Reitprogramm ganz aus, und so fing für alle ein neues Leben an. Für mich mit noch mehr Arbeit mit unseren Gästen und für die Pferde als Pensionäre mit viel Auslauf, Fressen und Freizeit.

Eines Tages wurde Juan, das schnittige, elegante Führpferd vergangener Tage, richtig krank und nach zwei Tagen tapferen Kämpfens und mehrerer Besuche der Tierärztin, starb er mitten in der Nacht. Wir waren bei ihm, als er seinen letzten Atemzug nahm. Wir waren fassungslos und doch froh, dass er von seinem Leiden erlöst war. Er war ein Charakter gewesen, furchtlos, mutig und treu, wie es nur Pferde sein können. Eine arabische Schönheit, schnell wie der Wüstenwind und graziös wie ein Tänzer. Er würde nun im Himmel über endlose Wiesen galoppieren können.

Kurz darauf wurde sein bester Freund Montana krank. Er legte sich einfach hin und wollte nicht mehr aufstehen. Der Verfressenste von allen fraß nichts mehr und lag einfach da. Nach mehreren Tagen stand er wieder auf, schüttelte sich, trottete in Juans Stall und wieherte resigniert. War er etwa deprimiert, dass sein bester Freund nicht mehr bei ihm war? Als Chef der kleinen Herde hatte er sich immer für alle verantwortlich gefühlt, hatte ihnen Manieren beigebracht und sie rund um die Uhr bewacht. Dass nun einer fehlte, veränderte ihn stark. Er wurde auf einmal anhänglich, was er bisher nicht wirklich war. Da er immer aufmerksam sein musste als Leittier, war zum Kuscheln keine Zeit. Jetzt suchte er menschliche Gesellschaft und konnte vom Streicheln und Striegeln nicht genug bekommen.

Mit mittlerweile nur noch drei Pferden war die Stallarbeit im Nu getan. Ausmisten und Füttern waren ein Kinderspiel, aber hin und wieder überkam mich leichte Melancholie. Meine Farm, nach der Familie mein Ein und Alles, ging langsam dem Ende zu, und ich fühlte mich oft einsam. Aber sollte ich jetzt wieder von vorne anfangen und mit jungen Pferden das

Ganze wiederholen? Dazu hätte ich nicht die Kraft gehabt. Dann wäre ich viele Jahre später wieder am gleichen Punkt gelandet – mit alten Pferden, die mich wahrscheinlich noch überleben. Und so unternehme ich meine ausgedehnten Spaziergänge nur noch mit den Hunden und werde wohl noch viele spannende Abenteuer in der wundervollen Natur Zyperns erleben.

Solche Abenteuer wollten aber auch Jogger Boy, der inzwischen stattliche 35 Jahre zählte, Presto, Montana und Jenny erleben. Bloß weil sie alt waren, hieß das noch lange nicht, dass das Leben langweilig sein musste. Mitten in der Nacht beschloss Jogger Boy einmal, dass er nun lange genug geschlafen hatte und nestelte mit seinem Maul solange am Tor herum, bis der Karabiner klirrend zu Boden fiel. Jogger Boy schritt fröhlich schnaubend in die Freiheit. Die anderen Tiere folgten natürlich wie auf Kommando und los ging's im Galopp. Der Vollmond schien hell am nächtlichen Frühlingshimmel und der süße Duft der Orangenblüten betörte die Sinne. Ich erwachte aus meinem wohlverdienten Schlaf und horchte in die Stille. Ich war gewohnt, nachts jedes Geräusch genau einordnen zu können. Ich kannte den pupsenden Ruf der Zwergohreule, den schwirrenden Laut der Schleiereule, ich wusste, dass ein gewisses Schnauben, das von der Farm herüberklang, von den friedlich schlafenden Pferde kam. Ich wusste aber auch, dass Hufgetrappel um Mitternacht Alarm bedeutete. Ich fuhr aus dem Bett! Die Pferde waren ausgebrochen! Ich weckte Sofronis neben mir auf. Gemeinsam rannten wir im Pyjama und in Pantoffeln die wenigen Meter zur Farm hinüber. Im Schein der Taschenlampe gähnte uns das weit offene Tor an, und in weiter Ferne ertönte wildes Hufgetrappel. Also nach links, Richtung Dorf!

Mit Halftern bestückt suchten wir nach den pensionierten

Ausbrechern. Grinsend stellte ich mir meine kleine Herde vor, wie sie halb hinkend, halb sich gegenseitig stützend die Straße hinunter holperten, mit Spazierstock, Morgenrock und Rollator. Ach was müssen sie gelangweilt vom müßigen Seniorenleben gewesen sein und auf der Suche nach neuen Abenteuern. Doch halt, die Fantasie ging mit mir durch. Richtung Dorf gab es nämlich einige bestellte Felder und eine durchrasende Pferdeherde würde uns teuer zu stehen kommen. Ich vertraute den kleinen Schurken, dass sie als Herde brav zusammenbleiben würden. Wir rannten in unseren Pantoffeln immer weiter. Der Lärm fliegender Hufe wies uns in Richtung Ziegenfarm. Dort angekommen erkannten wir im hellen Mondlicht Jogger Boy, wie er Evlambias rosa Nachthemd mit Rüschen triumphierend von der Wäscheleine gepflückt hatte. Es schlenkerte ihm jetzt um den Hals. Jenny machte sich am Zaun der Ziegenböcke zu schaffen, und gerade, als wir um die Ecke bogen, öffnete sich das Tor. Alle drei Böcke hüpften fröhlich meckernd in die Freiheit. Presto machte sich am Hahn des Wasserschlauchs zu schaffen. Eine Fontäne Wasser sprühte ihm aus dem Maul, da er den Schlauch wild durch die Luft schwang. Kläffende Hunde sprangen den Pferden an den Hinterbeinen hoch und urplötzlich wurde eine heisere Stimme laut: „Panaiya mou kai Christos! Kyrie Eleiyson! Was ist denn da los?"

Die Bäuerin Evlambia war unsanft aus dem Schlaf gerissen worden und mit weit aufgerissenem Mund verfolgte sie das wilde Geschehen auf ihrer Ziegenfarm. Im weißen Nachthemd (das in rosa wurde inzwischen von Montana in den Misthaufen getrampelt) rannte sie uns hinterher und schlug die Hände über dem Kopf zusammen. „Packt sie! Der leibhaftige Teufel ist in die Tiere gefahren! Los, schnappt sie Euch alle!" Naja, das war nicht so einfach. Ich pfiff und rief nach den Pferden, aber ihre guten Manieren waren dahin. Jogger Boy wetzte über die Veranda, nicht ohne den Tisch umzureißen und hüpfte wie ein kleines Fohlen über den niedrigen Gartenzaun. Sie trafen sich alle wieder beim Schweinestall und galoppierten dann über die Straße mitten ins hüfthohe Weizenfeld. Drei Pferde, ein Esel, drei Ziegenböcke und mehrere Hunde rasten fröhlich über den Acker. Ähren und Erdklumpen flogen ihnen um die Ohren. Mit einem letzten Wiehern und Meckern verlor sich der Tumult in weiter Ferne und wir konnten in der Dunkelheit der plötzlich aufgekommenen Wolken nicht mehr viel erkennen. Wir versprachen Evlambia, ihre Böcke in kurzer Zeit wieder vorbeizubringen und folgten den Tieren.

Die allerdings hatten anscheinend genug von ihrem Ausflug. Bis wir nur Minuten später wieder auf unserer Farm eingetroffen waren, standen die Pferde und Jenny schnaubend im Stall und tranken ihre Wassereimer leer. Nur die Ziegenböcke standen etwas verlegen herum. Sie wussten nicht so recht, was sie mit der ungewohnten Freiheit anstellen sollten.

Das ganze Unternehmen hatte wohl nicht mehr als eine halbe Stunde gedauert. Aber wir brauchten weitaus länger, um die sturen Böcke wieder nach Hause zu bringen. Die Hunde hechelten uns voraus, und Evlambia wartete schon ungeduldig auf uns und eine Erklärung. Die konnten wir ihr wirklich nicht geben. Doch wir versprachen, bei Tageslicht wieder zu kommen und uns den angerichteten Schaden mit ihr anzuschauen. Der war, bis auf das Weizenfeld, nicht allzu groß. Ich kaufte Evlambia ein hübsches neues Nachthemd in hellblau. Den Ziegenböcken war nichts geschehen. Außer ein paar umgestürzten Stühlen war wirklich nicht viel passiert.

Nur der Bauer Panaiyotis, der war ziemlich ungehalten. Schließlich hatte er mir erst am Vortag von seinem schönen

Feld berichtet, dessen Ertrag dieses Jahr wundervoll sein würde. Der Ertrag war dahin, er bekam von uns einen ordentlichen Betrag Geld und war dann zufrieden. Und mit Evlambia trinke ich immer noch sehr gerne gemütlich Kaffee auf ihrer Veranda, allerdings lieber ohne Pferde.

Inzwischen habe ich mich an den Gedanken gewöhnt, dass nichts bestehen bleibt. Vieles wird sich verändern. Aber ich habe noch immer Pläne. Vielleicht werde ich meinen biologischen Gemüsegarten vergrößern und wieder aufblühen lassen. Vielleicht werde ich auch von irgendwoher arme, missbrauchte Pferde retten, um ihnen wenigstens noch die letzten Jahre ein schönes Leben zu bescheren. Oder ich warte einfach mal ab, was mir das Leben hier in Zypern so bringen wird. Fest steht: Es wird spannend bleiben.

Die Kirche von Tochni ist ein Schmuckstück

„Du wirst sehen, da kommen so einige"

Wir heiraten, und das mit 1500 Gästen

MARIANNE HALF GEGEN MEIN HEIMWEH, DANN ZERBRACH EIN SPIEGEL AM HOCHZEITSTAG, DOCH DIE SIEBEN JAHRE UNGLÜCK BLIEBEN AUS – DANK MEINER SCHWIEGERMUTTER. UND ZWEITAUSEND GRATULANTEN ZUR VERMÄHLUNG, DAS WAR SCHON WAS!

Bis zu unserem eigenen großen Tag war ich noch nie auf einer traditionellen Hochzeit gewesen. Ich wusste eigentlich nur, dass mich Großes erwarten würde. Ich war so stolz, denn aus der Schweiz reisten von meiner Familie und Freunden fünfzehn Gäste zu unserer Hochzeit an: meine Eltern, meine Geschwister, einige Tanten, Paten und Freundinnen aus der Schulzeit. Für mich waren das richtig viele. Zuerst mussten allerdings Einladungskarten gedruckt und persönlich verteilt werden in Zypern. Da bekam ich einen ersten Eindruck von der schieren Größe dieses Anlasses, denn rund 1500 Einladungen wurden in Auftrag gegeben. Auf meine Frage, wer denn so alles kommen würde, lächelte Sofronis nur verschmitzt und meinte: „Ach, du wirst schon sehen, da kommen so einige." Zum Glück hatte ich die Hilfe von Marianne, einer Österreicherin, die schon seit mehreren Jahren mit ihrem zypriotischen Mann in Kalavasos lebte und sich bestens mit Hochzeiten auskannte.

Ganz zu Anfang meiner Zeit in Kalavasos war ich ernsthaft

krank geworden. Heimweh, die fremde Kost und Unsicherheit hatten meinen Magen angegriffen. Ich musste für längere Zeit das Bett hüten und hatte unglaubliches Heimweh nach meinen Eltern, Geschwistern und nach Vanessa, meiner inzwischen zweijährigen Nichte, deren Patin ich bin. Zu Tode betrübt lag ich also im Bett und litt ganz schrecklich. Sofronis war vor Sorge in heller Aufregung. Er fühlte sich so verantwortlich für mich, verwöhnte mich von früh bis spät, wenn er nicht gerade auf den Baustellen wirken musste. Offensichtlich hatte er aber nicht den ganzen Tag Zeit, um sie mit mir zu verbringen und war deswegen in großer Sorge. Da kam ihm der zündende Gedanke: „Du brauchst eine Freundin!" Ja, woher wollte er die denn zaubern? Die gleichaltrigen Frauen im Dorf waren natürlich alle sehr nett zu mir, aber verständigen konnte ich mich noch nicht so richtig. So war jede Einladung zum Kuchen und Kaffee eher ein Sprachkurs für mich als eine Aufmunterung. Wäre da nicht Marianne, eine Österreicherin, gewesen, die zufällig meine Nachbarin war.

Sofronis klopfte an ihre Tür und fragte sie, ob sie nicht einmal kurz bei mir vorbeischauen möchte, vielleicht sei es für mich ein Trost, mal endlich wieder auf Deutsch zu plaudern. Den Tag, an dem Marianne das erste Mal die Treppe hoch in unsere Wohnung stieg, möchte ich am liebsten im Kalender markieren. Da war ich, krank vor Heimweh im fremden Land, und sie, seit drei Jahren hier, mit der Sprache vertraut, aber auch des Öfteren alleine. Sie setzte sich zu mir auf die Bettkante, hochschwanger mit ihrem ersten Kind. Wir fingen an zu tratschen, zu plaudern, uns auszutauschen, und die Stunden verflogen nur so. Ich bin noch immer überzeugt, dass mich die Freundschaft zu Marianne gerettet hat. Meine Einsamkeit verschwand, ich gesundete schnell und fand mich oft bei meiner Nachbarin wieder. Wir saßen friedlich am Kamin und unterhielten uns stundenlang.

Mit ihr also wanderte ich etwa eineinhalb Jahre später durch ganz Kalavasos, um in jedem einzelnen Haushalt Einladungen für unsere Hochzeit zu verteilen. Das kleine Dorf erschien mir auf einmal ganz groß. Rund achthundert Menschen wohnten damals hier. Was war es doch für eine große Aufgabe, in jedem Haus auf einen Kaffee und einen Schwatz eingeladen, dann neugierig und kritisch gemustert zu werden und dieser offensichtlichen Begutachtung standzuhalten. Da konnte ich mit meinem erlernten Griechisch punkten. Ich wuchs beinahe aus mir heraus und lernte endlich jeden, wirklich jeden Bewohner „meines" Dorfes kennen.

Der große Tag rückte allmählich näher. Mein Brautkleid war gemietet, der Friseur bestellt, die Hochzeitstorte geordert, und meine Familie reiste an. Es war so praktisch, da alle in unseren Cyprus-Villages-Häusern wohnen konnten. Im November war keine Hochsaison mehr, und wir hatten genug Platz für alle. Meine Eltern waren wohl nervöser als ich selbst, es schien ihnen jetzt endgültig bewusst zu sein, dass ich für immer im fernen Lande bleiben würde. Und alles in Kalavasos war ihnen, wie am Anfang auch mir, fremd. Sie gönnten mir mein Glück und hatten Sofronis mit seinem großen Lächeln und seinen paar schweizerdeutschen Sätzen sehr ins Herz geschlossen. Aber dennoch mussten sie mehrmals schlucken und sich an den Gedanken gewöhnen, dass ich, die als Kind in den Ferien immer unter Heimweh gelitten hatte, wirklich hierbleiben würde.

Sofronis und ich, vor allem seine Familie, hatten beschlossen, dass wir ganz traditionsgemäß heiraten würden, so ganz auf zypriotisch. Das bedeutete: Am Tag der Hochzeit bekamen wir uns erst einmal nicht zu sehen. Sofronis wurde von seiner

Familie in Pentakomo – ganz, wie es der Brauch war – für die Hochzeitsfeier vorbereitet. Da meine Eltern nun wirklich nicht wussten, wie das in Zypern so funktionierte mit Brautherrichten, übernahmen das kurzerhand Maro und Janoulla, die Putzfrauen. Sie fühlten sich komplett für mich verantwortlich. Sie frisierten und schminkten mich. Ich widersprach und putzte die dicke Schminke wieder ab, um sie dann sehr gemäßigt wieder aufzutragen. Sie zupften an meinem Kleid und schoben mich hin und her, bis sie mit meinem Aussehen zufrieden waren. Ein kleines Tablett mit Weihrauch und einem roten Band wurde gebracht. Ich empfahl meinen Eltern, ganz genau hinzuschauen, was die Frauen jetzt mit mir machten, denn auch sie würden für den Fotografen posieren müssen, wie sie mir das Weihrauchkännchen und das Band fachmännisch dreimal um mein Haupt kreisen ließen. Sie nahmen es gelassen. Wir hatten viel Spaß dabei. Ich war gerade mit meiner Schwester im Badezimmer und reduzierte meine Schminke noch ein bisschen, da kam meine künftige Schwiegermutter dazu, um zu prüfen, ob alles wirklich traditionsgemäß ablief. Sie fand Daniela und mich im Badezimmer bei einem tränenreichen Lachanfall. Denn just als sie ihren Kopf zur Tür hineinsteckte, fiel Daniela der Fön aus der Hand. Der Handspiegel zersprang mit lautem Klirren in tausend Stücke.

„Panajamou, panajamou!" (Heilige Mutter Gottes!), rief Melani, wurde kreideblass und bekreuzigte sich augenblicklich, um den bösen Blick von uns abzuwenden. Ein zerbrochener Spiegel bedeutete sieben Jahre Unglück! Und was das ausgerechnet an einem Hochzeitstag bedeuten würde, erklärte meine künftige Schwiegermutter uns sogleich sehr wortreich, begleitet von weiteren Kreuzen und Flehen zur Mutter Gottes. Der Vorfall war für sie schier unermesslich und verlangte nach etlichen Gebeten. Zum Glück hatte ich ein

sehr inniges Verhältnis zu ihr. Wir hatten uns gegenseitig so richtig lieb, und entsprechend nahm sie es uns auch nicht übel, sondern betrachtete es einfach als einen Schicksalsschlag, den sie nun endgültig und mit aller Kraft abzuwenden versuchte, indem sie dreimal über meine Schulter spuckte.

Sie nestelte in ihrer Handtasche herum und zog einen blauen Anhänger in Form eines Auges zum Abwenden des bösen Blicks hervor und hängte ihn mir sofort in eine Falte meines Brautkleides. Den Anhänger hatte sie für alle Fälle immer dabei, sozusagen ein „Auge to go". So war zum Glück garantiert, dass die sieben Jahre Unglück nicht eintreten würden. Nachdem sie auch den Heiligen Georgios und den Heiligen Spiridonas angefleht hatte, den bösen Blick abzuwenden, beruhigte sie sich langsam, und wir konnten die Scherben zusammenkehren. Die durften wir aber nicht in den Abfalleimer werfen, sondern sie nahm sie in einem kleinen Plastiksack mit nach Pentakomo, wo der dortige Pfarrer bestimmt einen Ausweg aus der brenzligen Situation wüsste. Insgeheim atmete Melani dann sieben Jahre später trotzdem kräftig auf, denn es war alles gutgegangen mit unserer Ehe, sicher dank ihres beherzten Einsatzes!

Es war also ein ereignisreicher Tag, an dem ich am Arm meiner Eltern durch das Dorf Kalavasos bis zur Kirche ging. Es war eine Prozession von immenser Größe: hinter uns meine ganze Familie, so schön herausgeputzt, und darauf folgten beinahe alle Frauen des Dorfes. Die Männer waren im Kaffeehaus geblieben, und als unsere Prozession über den Dorfplatz schritt, standen sie alle der Braut (also mir!) zu Ehren auf, nahmen ihre Hüte ab und folgten uns zur Kirche. Ein unbeschreibliches Gefühl der Ehre überkam mich! Ich, die kleine Marisa aus der Schweiz, würde Sofronis ehelichen, und das ganze Dorf, das ich so ins Herz geschlossen hatte, begleitete uns dabei. Die Kirchenglocken läuteten kräftig. Was mich am Haupteingang erwartete, war nicht nur mein Mann mit Familie, sondern die größte Menschenmenge, die ich je gesehen hatte. Was ich bis dahin nicht realisiert hatte war, dass er eine sooo große Familie hatte. Und dazu noch so viele Bekannte, die ganz einfach, und sei es aus geschäftlichen Gründen, eingeladen werden mussten. Und noch das ganze Dorf dazu, das waren bestimmt zweitausend Menschen!

Von da an verging der Rest der Feier wie im Traum. Mir war etwas schwindlig. Marianne, natürlich meine Trauzeugin, musste mir in der Kirche immer wieder zuflüstern, was genau ich zu machen hatte. Die orthodoxe Religion war mir, trotz einiger Kirchenbesuche zuvor, völlig unbekannt. Ich wusste wirklich nicht, wann ich welche Ikone küssen musste. Sofronis beobachtete unser Flüstern und konnte sich kaum mehr halten vor Lachen. Waren es eben noch Tränen der Rührung bei meiner Ankunft vor der Kirche, waren es nun beinahe hysterisch zurückgehaltene Lachtränen bei mir. Denn wer prustet schon laut heraus bei seiner eigenen Hochzeitsfeier, die eigentlich eine sehr ernste Angelegenheit ist? Also zumindest, während der Pfarrer seine Litanei hält, gilt es Ruhe zu bewahren. Irgendwie ging auch diese Stunde herum, und irgendwie war meine ganze Familie erleichtert. Und ich erst! Wir konnten dann wieder in die Sonne blinzeln. Aber nun ging es erst recht los: Wir hielten den Empfang der Gäste in unserer Wohnung, die einen Vorder- und einen Hintereingang hatte. Sehr weise vorausgedacht von Sofronis, denn bei zweitausend Gratulationsfreudigen gab es ein ordentliches Verkehrschaos, und wir hatten extra Leute eingestellt, um die Menge zu dirigieren. Das lief so ab: Die Gratulanten kamen vorne herein, gratulierten, erhielten ein Stück Hochzeitstorte, gaben ihr Geschenk bei uns ab und wurden durch den Hintereingang wieder hinausbugsiert. Schweißtreibend!

So standen wir stundenlang: Sofronis' Eltern und Großmama neben ihm, meine Eltern neben mir, und wir schüttelten Hände, wurden geküsst, mit oder ohne Lippenstiftspuren und erhielten Unmengen von kleinen Geldcouverts und verpackten Geschenken. Meine Stöckelschuhe waren irgendwo im Innenleben meines Brautkleids gelandet, diese geschwollenen Füße verlangten nach Pantoffeln. Die alte Großmutter durfte sich irgendwann setzen, wir bekamen hin und wieder von mitleidigen Verwandten etwas zu trinken und weiter ging es, stundenlang bis nach acht Uhr abends, wo wir uns eigentlich schon auf unserer Party in Limassol hätten befinden sollen. Noch immer riss die Schlange nicht ab. Manchmal konnten wir wieder etwas besser atmen, wenn der Wind an den Gästen vorbeiwehen konnte. Endlich schüttelten wir die letzte Hand, wischten Lippenstift von unseren Wangen und setzten uns auf den nächstbesten Stuhl. Geschafft, im wahrsten Sinne des Wortes!

Nun endlich verstand ich, was gemeint war, wenn jemand die eigene Hochzeit stressig nannte. Allerdings waren, glaube ich, nur wir Schweizer so geschafft. Sofronis und seine engste Familie waren immer noch munter am Plaudern, Lächeln und Händeschütteln. Sie sahen weder müde noch geschafft aus. Sie trugen auch keine schwarzen Schatten unter den Augen wie wir. Diese Hochzeit war natürlich eine große Freude für alle, aber auch ein Anlass wie es gang und gäbe ist in Zypern. Die Menge unserer Gäste war überhaupt nicht pompös, sondern eben normal. So heiratet man in Zypern. Alle, wirklich alle mit denen das Brautpaar und die Familie bekannt sind, werden eingeladen. Jeder will teilhaben am Glück des Paares und der Familie. So ist eine Hochzeit bis zum heutigen Tag und wohl auch in Zukunft ein sozialer und willkommener Anlass, eine Gelegenheit, sich schön anzuziehen und zu feiern. Zur Party in einem wunderschönen Lokal in Limassol waren dann aber doch nicht alle eingeladen. Das hätte den Rahmen gesprengt. An dieser Party mit Essen nahmen „nur" 500 Gäste teil.

Insgeheim denke ich mir manchmal, dass Sofronis sich mit mir wirklich nicht den großen Fisch an Land gezogen hat. Normalerweise ist es bei einer Hochzeit nämlich bis heute so, dass die Eltern der Braut nicht nur die ganze Hochzeit finanzieren, sondern dem frischvermählten Paar auch ein brandneues Haus kaufen oder – noch besser – gleich bauen. Dazu kommt die gesamte Einrichtung von A bis Z und ein neues Auto sowieso. Egal aus welcher Gesellschaftsschicht jemand stammt, dies ist der Brauch, und je mehr Töchter, desto tiefer ist der Seufzer, und desto tiefer müssen Eltern in die Tasche greifen. Irgendwie ist es aber immer zu schaffen. Das Brautpaar bekommt sozusagen Haus, Hof und Hund. Irgendwie ist das auch sinnvoll, denn so wird für das eigene Alter vorgesorgt. Das Haus ist groß genug für die ganze Familie, die Brauteltern ziehen mit ein, und wenn dann die Kinder da sind, kann die Mutter berufstätig bleiben. Die *Jaja* (Oma) hütet und erzieht die Kinder. Wird man dann alt, ist auch vorgesorgt, da die erwachsenen Kinder einen pflegen werden. So sind eigentlich alle glücklich, obwohl es bestimmt in vielen Familien etliche Krisen zwischen den Generationen gibt. Unkompliziert ist das nicht immer, aber im Großen und Ganzen funktioniert es.

Altenheime gibt es inzwischen aber sogar auf Zypern, doch in der Regel bleiben die alten Leute daheim. Kann man sie aus beruflichen oder anderen Gründen nicht selber pflegen, wird kurzerhand eine Pflegekraft aus Vietnam oder den Philippinen eingestellt. Sie kann den alten Opa beim Einkaufen begleiten und natürlich auch beim Gang ins Kaffeehaus mitsamt Rollator. Das Ganze hat aber einen beträchtlichen Nachteil. Noch bis vor zwanzig Jahren war es eher so, dass das Haus einer Familie nur mit Flachdach gebaut wurde, damit man dann für die Tochter bei deren Vermählung ganz einfach ein zweites Stockwerk anbauen konnte. Das war auch finanziell für die meisten ganz erschwinglich. Die ganze Familie blieb somit im Elternhaus. Im Laufe der Zeit aber sind die Ansprüche gestiegen, und keiner will sich nur mit einem neuen Stockwerk abgeben. Eine möglichst große Villa wird verlangt und auch ermöglicht, auch wenn das für viele Eltern frischvermählter Töchter so ziemlich den Ruin bedeutet. Und dazu kommt, dass das friedliche traditionelle Dorfbild auch auf Zypern langsam zerfällt. Die Gemeinde vergrößert sich, bläht sich sozusagen auf. Herrenhäuser von beträchtlichem Luxus schießen wie Pilze in der schönen, weiten Landschaft aus dem Boden. Die Dörfer selbst werden ruhiger und weniger bewohnt. Statt Menschen bevölkern nun Tauben die Häuser, wenn sie erst einmal leer stehen. Und das war auch der Grund für meinen Mann, das Projekt Cyprus Villages zu starten. Die Dörfer sollten erhalten bleiben. Das gelang nur durch Renovieren, durch die Wiederbelebung mithilfe des sanften Tourismus

Ein Blumenmeer am Meer – Freude pur

Draußen spielen – ein Paradies für Kinder

Die Schule aber stellt Eltern vor eine Geduldsprobe

WACHSEN EINEM WIRKLICH HAARE AUF DER ZUNGE, WENN MAN NICHT GENUG TRINKT? UND DARF MAN TÜRKEN TÖTEN? WAS UNSERE KINDER SO ALLES AUS KINDERGARTEN UND SCHULE AN „WEISHEITEN" MITBRACHTEN, VERSTÖRTE UNS. UND ZEHN JAHRE LANG KUTSCHIERTEN WIR SIE DANN TÄGLICH ZUM GYMNASIUM.

Ich bekam oft von Bekannten und Verwandten in Zypern zu hören, wie schrecklich es doch sei, dass unsere drei Kinder so fernab der Zivilisation aufwüchsen. So isoliert und allein, das könne doch für ihre Entwicklung nicht gut sein. Ich überlegte mir oft, wie schädlich es wohl sei, dass die Kinder hier im Herzen der Natur aufwachsen. Sie sind in unserem Dorf und der Umgebung Teil von ihr, umgeben von Tieren und Bäumen. Sie werden ständig Zeugen des fantastischen Schauspiels der Jahreszeiten. Ob sie im Schlamm des Flussbettes spielten oder im Schatten der Eukalyptusbäume, mir schienen sie alle drei zufrieden, und sie entwickelten sich prächtig. Gut, elektrischen Strom hatten wir lange Zeit nicht, und die Dunkelheit der Nacht war eine Selbstverständlichkeit. Und vor dem Fernsehgerät hingen sie auch nicht ständig, denn er lief zwar dank modernster Solarzellen, aber meist höchstens etwa fünfzehn Minuten am Stück, denn sie waren meist defekt. Dafür bauten unsere Kinder Festungen im ausgetrocknetem Flussbett. Den größten Rückschlag mussten sie verkraften, als die Regenzeit anfing und das Wasser mit voller Wucht durch das leere Flussbett schoss. Die kunstvoll aufgebauten Festungen mitsamt den Spielsachen rissen die Fluten mit sich.

Es gab keine Spielgruppen in den Dörfern, und die Stadt war zu weit entfernt. Aber unsere Kinder waren ja zu dritt und oftmals hatten sie andere Kinder zu Besuch. Zum Glück nur solche, deren Eltern keine hysterischen Anfälle bekamen, wenn die Kinder schmutzig und staubig wieder zu Hause erschienen. Ich war der Meinung, dass man diesen natürlichen Dreck rasch wieder säubern konnte, er stärkte die Abwehrkräfte. Allerdings hatten die zypriotischen Mütter da eine andere Meinung. Sauberkeit und Hygiene waren für Zyprioten schon immer wichtig, Staub und Dreck assoziiert man mit Arbeit auf den Feldern, und Kontakt zu Tieren war auch unangebracht. Hunde und Katzen hatten ja diverse Krankheiten, an denen sich Kinder ganz sicher anstecken würden. Um so komischer erschien mir, dass unsere drei Kinder nie ernsthaft krank waren. Antibiotika brauchten sie nie, und mehr als eine Erkältung kannten sie nicht. Ihr Immunsystem war stark wie die Natur!

Aber eines Tages war Andy, unser ältestes Kind, doch alt genug für den Kindergarten in Kalavasos. Ein großes Ereignis und der kleine Knirps freute sich wie jedes andere Kind auf den besonderen Tag. Mit nur etwa fünfzehn Kindern war die Atmosphäre familiär, fast schon gemütlich, wenn bloß nicht die Lehrerin gewesen wäre. Wenn auch nicht unfreundlich, schien sie keine normale Stimme zu besitzen. Sie schrie von früh – *kalimera pedia*!!! (guten Morgen, Kinder) – bis mittags – *jassas, pedia*!!! (tschüss, Kinder). Andy hatte große Mühe zu verstehen, dass es eben Menschen gab, die sich selbst am liebsten hörten.

Irgendwann waren Melina und Nick auch im Kindergarten und Andy in der Grundschule. Ich war alleine zu Hause mit den Pferden und der Arbeit. Mir fiel der Gedanke schwer, dass alle drei von nun an fremden Einflüssen ausgesetzt waren. Welche Mutter kennt das nicht, das sogenannte Leere-Nest-Syndrom? Da kommt man sich plötzlich einsam und unvollkommen vor, jedenfalls bis mittags. Dann fällt die Kinderschar freudig und hungrig über die Küche her. An einem Mittag, ich hatte gerade Tomatenspaghetti gekocht und die Kinder heimgeholt, sah ich Melina an der Wasserflasche hängen. Sie schien sie nicht mehr absetzen zu wollen. Wohl einen ganzen Liter hatte sie schon intus, als ich ihr die Flasche abnahm und sie fragend anschaute. „Weißt du denn nicht, Mama, dass man gaaanz viel Wasser trinken muss, jeden Tag?" Aber ja, das wussten wir doch alle. „Wirklich gaaanz viel, wenn man nämlich nicht genug trinkt, wachsen einem Haare auf der Zunge!" Sie streckte sofort ihre Zunge raus und nuschelte: „Ich hab' noch keine Haare drauf!"

Andy, der Älteste, grinste breit und mischte sich ein: „Das hat sie von Kyria Maria, der Kindergärtnerin. Die sagt auch, wenn man sich nach dem Besuch der Toilette nicht die Hände wäscht, werden sie schwarz und fallen ab." Nick, der Jüngste, stach soeben mit einem Zahnstocher auf seine Playmobilfiguren ein. „Ihr habt unser Land gestohlen, ihr bösen, bösen Türken!", schrie er und wieder pikste er die Figürchen. Sie flogen alle im hohen Bogen vom Tisch. Ich machte mir nun ernsthaft Sorgen. Was bedeutete das alles? Wurde meine Erziehung nun auf einmal zunichte gemacht? Wir hatten uns entschlossen, den Kindern niemals Spielzeugwaffen zu schenken. Sie sollten nicht realitätsfremd, aber doch irgendwie gewaltfrei aufwachsen. Und nun wurden Zahnstocher zu Schwertern umgewandelt, um Türken niederzumeucheln? Um Gottes Willen! Ich setzte mich mit allen dreien auf den Fußboden. Mir schien, ein klärendes Gespräch war notwendig.

Irgendwann begriffen sie, dass Erwachsene, selbst Lehrerinnen, nicht immer recht hatten. Nein, es wuchsen einem keine Haare auf der Zunge, wenn man nicht genügend trank. Und man kann nicht einfach Menschen niedermetzeln, weil einem gesagt wurde, sie seien böse. Und was überhaupt bedeutet böse? So ging der Nachmittag dahin und zur Bettzeit schienen alle drei wieder ganz normal.

Sofronis wusste aus eigener Erfahrung, dass das Schulsystem spätestens seit der türkischen Invasion von 1974 ziemlich nationalistisch angehaucht war. „Aber", meinte er, „unsere Kinder sind stark und lassen sich nicht so leicht beeinflussen. Es kommt doch hauptsächlich darauf an, was sie zu Hause lernen und was für Vorbilder die Eltern sind." Auf jedem einzelnen Schulheft prangte ein Foto mit Landschaften und Städten des türkisch besetzten Nordens. „Kyrenia – ich vergesse nie!", stand da in Großbuchstaben und stellte so sicher, dass die Katastrophe der türkischen Invasion von 1974, bei der 37 Prozent der Insel (der nördliche Teil) an die Türken verloren ging, bei der jüngeren Generation stets präsent war.

Vor der Weihnachtszeit legten alle Eltern Geld in eine Kasse. Eine der Lehrerinnen machte sich daran, Geschenke für alle Schüler zu kaufen, die der Weihnachtsmann dann an die Kinder verteilen würde. Die Aufregung am letzten Schultag war groß. Endlich stapfte der Weihnachtsmann über den Schulhof und die Kinder jubelten. Zwar sah er verdächtig aus wie Jannis Vater, da der weiße Bart aus Watte schief hing, aber alle freuten sich mit leuchtenden Augen auf die Geschenke, die der Weihnachtsmann nun jedem einzelnen Kind in die Hand drückte. Schleifen und Geschenkpapier flogen in Fetzen über den Schulhof. Zum Vorschein kam für jeden Jungen ein Militärjeep mit amerikanischen Soldaten auf der Ladefläche. Sie richteten ihre Maschinengewehre auf eine weitere Figur in weißem Kleid und mit Turban. In großer Schrift prangte auf der Verpackung „Das Ende von Bin Laden". Die Mädchen bekamen einen leuchtend rosa Plüschhund, und wenn man ihn am linken Ohr drückte, ertönte eine blecherne Stimme: „Ich hab meine Mama lieb!" Am rechten Ohr gedrückt schrie der Hund gequält: „Oh Tannenbaum", allerdings auf Griechisch. Ich staunte nicht schlecht. Also, erzieherisch wertvoll waren diese Geschenke keineswegs. Aber wenigstens brach kein neidischer Streit aus unter den Kindern, schließlich hatten sie ja alle das gleiche erhalten.

Auch nicht ganz einfach war dies für mich: Kurz vor den großen Sommerferien wollte Melina partout nicht in den Kindergarten. Ich hatte schon seit ein paar Tagen gespürt, dass sie nicht ganz glücklich schien, aber an diesem Tag kullerten Tränen ihre rosigen Wangen hinunter. Nick hielt einen dicken Bambusstecken in der Hand konnte es kaum erwarten, ins Auto zu steigen. Ich setzte mich zu meiner Tochter, und sie holte verzagt ihre Lieblingspuppe aus der Pausentasche. „Mami, ich will nicht, dass Lina stirbt!", stieß sie hervor. Ich horchte auf. Plötzlich kroch mir eine Gänsehaut den Rücken hinunter. „Wir üben diese Geschichte, die wir dann aufführen sollen, wo die Türken die griechischen Frauen und ihre Kinder auf den Berg hetzen, um sie umzubringen. Dann müssen wir alle unsere Puppen von den Tischen werfen und selbst auch hinunterspringen, damit uns die Türken nicht kriegen ..."

Der Tanz von Zalongou! Das ist die grausame Geschichte in Griechenland um 1803 während des Souliotischen Krieges. In unserer Schule wurde das Thema als Theater gespielt: Die Soulioten sind ein griechisch-arvanitisches Mischvolk. Als die Osmanen in Griechenland einfielen und fünfzig Frauen und Kinder in den Bergen von Zalongo in die Enge trieben, vollbrachten souliotische Frauen eine Verzweiflungstat: Aus Angst vor Vergewaltigung und Demütigung warfen sie ihre Kinder von einer Klippe und sprangen hinterher. Die Legende sagt, dass jede Frau tanzte und sang, während sie in den Freitod ging. Diese Aktion bewies ihren Mut, ihre Lebensnotwendigkeit der Freiheit.

Ich bemühte mich seit Jahren, die Kultur nicht nur zu akzeptieren, sondern auch zu verstehen. Ich schickte die Kinder in die örtliche Schule, um sie Teil werden zu lassen von dieser Kultur, damit sie nicht nur Schweizer, sondern vor allem Zyprioten werden. Denn wir leben doch in diesem herrlichen Land mit seinen vielen sonnigen Seiten. Doch wenn die schattigen Seiten dann solche Ausmaße annehmen, wird meine Toleranzgrenze gesprengt.

Ich nahm meiner Tochter Melina sanft die Puppe ab, streichelte sie und versicherte ihr, dass Lina ganz sicher nichts passieren würde. Und dass ich heute ganz spontan einen Schulbesuch abstatten würde. Ich trug meine Tochter zum Auto. Nick rannte noch immer den Weg auf und ab und schrie: „Attaaacke!!!" Melina deutete auf ihren Bruder und meinte: „Siehst du, Mama, er spielt einen der Türken ..." Ich schluckte leer und nahm ihm den Stecken ab. Mit seinen drei Jahren verstand er noch nicht viel von der Ernsthaftigkeit der Situation. Er sah das alles nur als cooles Spiel.

In der Schule angekommen, legte ich mir mühsam zurecht, was ich der Lehrerin alles sagen wollte. Ich musste ruhig bleiben und ihr trotzdem klarmachen, dass die Kinder durch ein solches Theaterspiel traumatisiert wurden. Nicht nur Melina, sondern bestimmt auch die anderen Kinder, nahmen ein solches Spiel sehr ernst. Und man kann doch nicht mit

Drei-, Vier- und Fünfjährigen eine solche Horrorgeschichte nachspielen. War diese Kyria Maria denn nicht pädagogisch geschult worden? Wie relevant war überhaupt eine Geschichte von 1803 für die schulische Weiterentwicklung der Kinder? Ich stürmte durch die Tür des Kindergartens und blieb wie angewurzelt stehen. Da standen auf den zusammengestellten Tischen die kleinen Mädchen mit ihren Puppen, während die Jungs grölend ihre Stecken schwangen und um die Tische tanzten. Sie schienen das Theaterspiel sichtlich zu genießen. Kein gehetzter Blick, keine Sorgenfalten, das Ganze war nichts anderes als ein Spiel, das eine willkommene Abwechslung brachte!

Ich bat Kyria Maria, mich einen Moment nach draußen zu begleiten. Höflich erklärte ich ihr meine Ansicht, erklärte ihr, dass Melina wirklich traumatisiert war und unter keinen Umständen mitspielen wollte. Ich bat um eine Erklärung, wie sie als Lehrerin auf so ein Theaterspiel überhaupt gekommen sei. Was aber geschah? Ich stieß auf taube Ohren und Unverständnis. Das sei vom Erziehungsministerium so vorgegeben, bekam ich zu hören. Sie habe sich daran zu halten und – wie ich ja sehen würde – , hätten die Kinder viel Spaß daran. Ich biss auf Granit. Ich verstand, dass ich noch viel zu lernen hatte. Ich war der Außenseiter, der sich nicht an die Regeln hielt. Ich hinterfragte zu viel und war unbequem. Ich wollte natürlich nicht, dass sich das auf meine Kinder auswirken würde und erklärte ihr, Melina würde wiederkommen, nachdem das Theaterstück aufgeführt worden sei.

Als ich wieder zu Hause war, ließ mir alles keine Ruhe. Ich rief das Erziehungsministerium in Nicosia an. Ich wurde unzählige Mal weiterverbunden, in der Leitung vergessen, rief noch einmal an und landete schließlich bei einem netten Herrn, der mir nach meinen Schilderungen schließlich durch

Mein geliebter Joggerboy mit 35 Jahren: Er fehlt († 30.12.2018)

Tochni

Kalavasos-Panorama

Alte Kirche in Klonari aus dem 15. Jahrhundert

Ikone aus dem 15. Jahrhundert

Innenhof in Tochni: Ankommen und Abschalten

Blütenmeer

Innenhof in Kalavasos: Oase der Ruhe

Traummeer: Fontana Amorosa, Halbinsel Akamas

Im Hafen von Zygi

Aussicht von der Tochni Taverne

Magische Sonnenuntergänge überall: Am Meer ...

... und an Land

Das Land, wo Orangen ...

... und Oliven blühen

Superfood Artischocken: Helfen beim Abnehmen, schmecken köstlich

Superfood Kaktusfeige: Das Fruchtfleisch steckt voller Vitamine

Bamies

Evlambia – ihr Halloumi schmeckt fantastisch

Wilder Lavendel – heilt so manches, bereichert die Küche

Bezaubernde Jenny

Mandelblüte und ...

... Pfirsichblüte: Ende Februar ist Zypern rosarot bis pink

die Blume riet, mich still zu verhalten und mich nicht in die Aufgabe einer Lehrerin einzumischen. Vielleicht müsste ich mich bemühen, mich als Ausländerin etwas mehr in der Kultur zu integrieren? Ich resignierte. Melina spielte für zwei Tage fröhlich zu Hause. Nick hatte das Interesse an seinem Bambusstecken verloren und weigerte sich, wie vorher schon so oft, den Kindergarten überhaupt zu besuchen. Und dann war das Theater vorbei, ohne meine Kinder und ohne irgendwelche Nachwehen. Als wäre nichts gewesen. Ich war einfach nur froh, als das Schuljahr vorbei war und die großen Ferien begannen. Drei Monate ohne nationalistischen Einfluss, es war ein Segen, mehr noch für mich als für die Kinder.

Im neuen Schuljahr begrüßte uns eine neue Lehrerin, Kyria Elena. Jung, sympathisch und sofort von allen Kindern geliebt. Keine Märchen über haarige Zungen, keine albernen oder fürchterlichen Geschichten, einfach nur eine normale und nette Lehrerin, wie man sie sich für die Kinder wünscht. Der Kindergartenalltag verlief fortan harmonisch und friedlich. Andy, Melina und Nick integrierten sich, waren liebenswerte Zyprioten, waren Teil der hiesigen Kultur und Lebensweise und hatten anscheinend überhaupt keinen Schaden genommen an der schreienden, nationalistisch denkenden Kyria Maria. Ich beruhigte mich, war stolz auf die Kinderlein und wunderte mich immer wieder, wie die drei hin und her hüpfen konnten zwischen ihrer schweizerischen und zypriotischen Lebensweise. Deutsch wechselte sich mit Griechisch ab, mit Papa so, mit Mama anders. Über den Pausenplatz riefen sie mir zu „Hoi Mami, da bini!!!", und die anderen Kinder sahen darin nichts Spezielles mehr.

Die Kindergarten- und Grundschulzeit verging, und das Gymnasium in Limassol rückte in den Vordergrund. Wir beschlossen, uns auch einmal die verschiedenen Englischschulen anzusehen. Das öffentliche Gymnasium, das sechs Jahre dauerte, schien uns zwar nicht schlecht zu sein, aber die Schüler mussten zumeist Extraklassen in Englisch, Mathe und diversen anderen Fächern dazu nehmen. Die liefen immer nachmittags und kosteten einen Haufen Geld. Da konnten wir sie auch gleich in eine englische Schule schicken, dort würden sie perfekt Englisch lernen und bräuchten keinen Zusatzunterricht. Somit entschieden wir uns für eine tolle Englischschule etwas außerhalb von Limassol. Leider fuhr der lokale Schulbus nicht bis dorthin, und wir mussten das große Opfer bringen, die Kinder täglich zu bringen und zu holen. Zum Glück hatten wir ein energiesparendes Hybrid-Auto und mussten deshalb kein allzu schlechtes Gewissen haben, die Umwelt zu belasten. Aber der Aufwand war trotzdem enorm. Zwar bekamen alle drei eine tolle Ausbildung an einer modernen Schule mit einer großen Vielfalt an Fächern, aber wir wurden zum Chauffeur. Zehn Jahre dauerte der Marathon mit dem täglichen Fahren, bis auch Nick endlich seine Führerscheinprüfung ablegte. Immerhin: In seinem letzten Schuljahr konnte er dann selbst fahren. Das Ganze mit dem Schulbesuch hatte sich gelohnt, trotz des Zeitaufwands unsererseits und der finanziellen Belastung. Unsere Kinder sprachen nun fließend drei Sprachen, ihr gedanklicher Horizont war um einiges gewachsen. Sie waren nun gewandte Teenager, bereit, das Leben zu meistern.

Weiß-violette Schönheit – der Kapernstrauch

Unter Geiern

Wie frau sich erstmal freischwimmen muss

UNTER GEIERN? NEIN, SO SCHLIMM IST ES NICHT ALS FRAU AUF ZYPERN, ABER ES FEHLT DIE EMANZIPATION, ODER, LIEBE MÄNNER? WARUM ICH SEHR LANGE AUF 24 STROHBALLEN WARTETE, WIE ICH EINE NEUE IDENTITÄT FAND UND ZU MEINEM EMANZENKONTO KAM.

Die Emanzipation ist auch auf einer Insel wie Zypern irgendwann angekommen. Früher war das etwas anders. Jahrelang war ich Sofronis' Frau, nicht mehr und nicht weniger. Irgendwann wandelte ich das um in „Sofronis ist mein Mann", was aber keinen großen Unterschied machte. Die Touristenhäuser gehörten Sofronis, mein Auto war Sofronis' Auto, selbst die Hunde, mit denen ich im Flussbett entlang spazierte, waren Sofronis' Hunde. Ich gab irgendwann auf. Es war aber nicht etwa mein Mann, der mir diese Sichtweise vorgab. Im Gegenteil: Er war schon immer sehr liberal und komplett für Gleichberechtigung. Es war einfach so, hier auf der Insel. Es störte auch die Frauen nicht. Es würde ja niemand unterdrückt oder so ähnlich, hieß es stets.

Eine Männerwelt: In den Coffeeshops saßen nur Männer. Frauen wurden dort zwar auch früher schon toleriert, aber sie hatten kein Interesse an den Themen der Männer. Bei denen ging es fast immer um Politik, Jagd, Fußball und wieder Politik. Frauen sah man auch kaum auf der Straße, wenn man von den Frauen absah, die im Straßenbau arbeiteten. Die waren übrigens ein Unikum. Auf den Autobahnen gab es bis vor Kurzem keine eingezäunten Mittelstreifen. Man hätte also ganz einfach wenden, die Straßenseite wechseln und in die andere Richtung weiterfahren können. Das hat Sofronis zum Glück aber nur einmal gemacht. Die Kreuzung, die quer über die Fahrbahn führte, hatte ich ja schon erwähnt. Also, diese Straßenbaufrauen, die sah man täglich, bei Riesenhitze und bei Regen, wie sie die Straßenränder und die Mittelstreifen aufräumten, jäteten und das Gebüsch zurückschnitten. Sie asphaltierten sogar! Mit Schaufeln, Hacken und allerlei anderen Utensilien bepackt, machten sie sich bei dröhnendem Verkehr zu schaffen. Dicke Röcke und Kopftücher schützten sie vor Sonne und Staub. Unermüdlich werkelten sie, während die Männer – ja, die waren auch anwesend – sich erschöpft vom Zuschauen auf ihre Schaufeln lehnten und Cola aus der Büchse tranken.

Einmal waren wir zu Besuch im Kloster Agios Minas. Mit einer Nonne, die gerade die Rosenstöcke zurückschnitt, kamen wir ins Gespräch. Sofronis, der immer neugierig ist, fragte sie, was sie dazu getrieben hätte, in ein Kloster zu gehen. Sie schien zwar nicht mehr jung zu sein, aber uralt war sie auch nicht, wie ihr Gesicht verriet. Es schaute zwischen schwarzen Tüchern hervor.

„Ach, ich habe so viel gearbeitet in meinem Leben, da hat die Heilige Mutter Gottes, sie sei gesegnet, mich zu ihr gerufen. Ganz deutlich hat sie gesagt, ‚*Maria mou*, jetzt ist es genug, komm ins Gotteshaus nach Agios Minas. Dort werden dir noch viele gesegnete Jahre geschenkt.‘ Da mein Mann 1974 im Krieg gegen den Attila – so werden manchmal die Türken genannt – verschollen war, hatte ich keine Wahl, als meine acht Kinder meiner Schwiegermutter zu überlassen und zu arbeiten. Unseren Hof drüben in Karpaz haben wir verloren. Nichts konnten wir mitnehmen, und ich habe lange daran geglaubt, dass Kostas wieder zurückkommen wird. Habe gedacht, er sei wohl in Gefangenschaft der Türken und nach dem Krieg würde er wieder freigelassen, aber ich wartete vergebens." Und die Frau erzählte weiter: „Ja, irgendwann konnte ich nicht länger mit meinen Kindern meiner Schwiegermutter auf der Tasche sitzen und ich fand Arbeit, allerdings im Straßenbau. Mein Cousin hat mir das organisiert. Zwar machte mir die harte Arbeit zunächst nicht viel aus, aber bei Wind und Wetter Straßen zu teeren, hat dann doch meinen Rücken kaputt gemacht. Aber wenigstens hatte meine Familie zu essen."

Sie spuckte nicht sehr nonnenhaft auf den Boden, als Sofronis sie fragte, wie viel sie denn dabei verdient hätte. „Fünf Selinia am Tag waren es. Kaum genug, um Mehl und Eier zu bekommen." Ein Selini, also ein Schilling, wären heute etwa 50 Eurocent. Und ihr Klagelied ging weiter: „Ich hatte ja auch noch die Kinder zu versorgen. Kleider brauchten die für die Schule. Ich wollte halt, dass sie es mal besser hätten im Leben als ich. Also die Jungs schlossen die Schule auch ab, lobet den Herrn, aber die Mädchen habe ich da nicht weiter hingelassen, nachdem sie, naja, ihr wisst schon, zu Frauen wurden. Eine ging nur bis zur dritten Klasse und eine andere schaffte es bis zur fünften. Dafür haben sie danach meiner Schwiegermutter kräftig mitgeholfen. Die hatte nämlich die Schwindsucht und saß nur im Sessel. Das Einzige, was die noch machen konnte, war Bohnen zu schälen. Die redselige Nonne Maria hätte wohl noch einiges zu erzählen gehabt, aber da läuteten die Kirchglocken zum *Esperino* (Abendgottesdienst). Sie bekreuzigte sich hastig und eilte davon, während sie ihre Kopftücher zurechtrückte.

Wenn ich mit meinem Mann unterwegs war, bestand ich aus Luft. Ich schien für die meisten durchsichtig zu sein, einfach nicht da. Selbst wenn ich im Laufe des Gespräches mit Männern, zum Beispiel auf einer der Baustellen von Cyprus Villages, irgendeinen mühsam auf Griechisch ausgearbeiteten Kommentar hinzufügte, kam da einfach nichts als Antwort oder sonstiger Reaktion. Sofronis bemühte sich so sehr, mich zu integrieren, also Teil werden zu lassen von seiner Welt. Er stellte mich vor, übersetzte, erklärte, diskutierte und argumentierte mit mir. Ich war so froh, dass er so komplett anders war als die zypriotischen Männer.

Über die Jahre hinweg gewöhnte man sich in meiner Umgebung aber daran, dass ich relativ selbständig in den Touristenhäusern arbeitete. Ich suchte den Elektriker bei seinem Mittagsschlaf auf und schaffte es sogar, ihn zu überreden mitzukommen. Da hing zum Beispiel ein Stromkabel nicht isoliert von der Decke. Es war unter Spannung – also lebensgefährlich. Ich ermunterte den Schreiner nach endlosen Versprechungen seinerseits, die Fensterrahmen zu vollenden. Den Bürgermeister flehte ich erfolgreich an, die lebendigen Fische, die im Dorfbrunnen ein tristes Leben führten, zu entfernen, da sich die Gäste dauernd voller Mitleid bei mir beschwerten. Hätte ich ihm gesagt, die Fische im Brunnen seien schlichtweg arm dran und würden bald verenden, hätte ihn das nicht sehr beeindruckt. Aber die Touristen, die waren wichtig. Ihre Meinung zählte und die Fische landeten bald darauf bei ihm im Kochtopf.

Oft waren Männer wirklich sehr hilfsbereit. Im Baugeschäft kaufte ich einen Stallbesen und fragte, ob man mir den Stiel schnell daran nageln könne. Ganz einfach, Nagel und Hammer holen, zwei drei Schläge und der Besen wäre komplett. Der Inhaber des Ladens suchte eine Ewigkeit nach Nägeln, den

Hammer fand er nicht, aber den reichte ihm sein Verkäufer nach erfolgreicher Suche und los ging's. Nagel Nummer eins krümmte sich unter den Hammerschlägen, Nagel Nummer zwei flog durch den Raum und bei Nagel Nummer sieben beugten sich schon ein halbes Dutzend Männer über den aufmüpfigen Besenstiel, der sich so gar nicht an den Besen nageln lassen wollte. Die Minuten verflossen und man beratschlagte sich lautstark. „*Achriste!* (du Unfähiger!)", schallte es. Ein weiterer Mann schnappte Nagel und Hammer und schlug drauflos. „Der Nagel ist falsch! Der ist schwach. Bring mir einen Stahlnagel!", befand er fachmännisch. Der Stahlnagel steckte bald fest im Holz, war aber nicht tiefer hineinzuschlagen. „Leim, bring mir Holzleim! Wir leimen den einfach fest, dann hält's auch!" Der Leim floss in Strömen, bald war der Besen vollgesogen. Die Borsten streckten sich steif in die Luft. Auch nach ewigem Antrocknen – Andreas hatte inzwischen Kaffee gemacht – wackelte der Stiel noch immer. Ein neuer Anlauf, gestärkt durch den Kaffee, brachte den Durchbruch! Eine Schraube! Das war's! Schnell wurde die Bohrmaschine aktiviert, aber nach einer halben Umdrehung fiel der Strom aus. Die Maschine stieß eine Rauchwolke aus und hatte ihren Geist aufgegeben. Die Männer wischten sich den Schweiß aus den Augen, atmeten schwer und überreichten mir den Besen, der inzwischen aussah wie jahrelang gebraucht. „Hier, macht fünf Pfund."

Ich bedankte mich höflich, beeindruckt vom selbstlosen Einsatz einer halben Armee und verließ den Laden. Im Stall angekommen, kratzte ich mit dem steifen Besen den Pferdemist andächtig zusammen. Vielleicht würde ja mein alter Besen noch eine Weile halten, dachte ich mir kopfschüttelnd. Manchmal war es richtig frustrierend in dieser Männerwelt. Anderes Beispiel: Ich brauchte dringend einen Traktor für mein kleines Stück Land, auf dem ich Klee für die Pferde säen wollte. Endlich fand ich Andrikos, der mit seinem alten Traktor ständig den Hauptplatz im Dorf blockierte. Ich schilderte ihm meine Lage. Er versprach, am nächsten Tag vorbei zu kommen. Das sei gar kein Problem und, nein, Geld wolle er keins dafür.

Der Tag kam und ging, nur Andrikos nicht. Kein Traktor, kein bestelltes Feld. Aber das machte ja nichts, dachte ich so, denn vielleicht käme er ja im Laufe der Woche noch. Als auch die Woche verging, beschloss ich, ihn aufzusuchen. Ich störte ihn beim Kaffee, beim Mittagsschlaf zu Hause, beim Einkaufen, wo immer ich ihn fand. Ich bat ihn geduldig, doch mit seinem Traktor vorbeizukommen. Und immer war er freundlich und zuvorkommend. Morgen, nächsten Dienstag, Ende der Woche, kurz gesagt *Avrio*, was wörtlich übersetzt eigentlich „morgen" heißt, aber nie eingehalten wird.

Irgendwann trafen wir ihn auf der Straße beim Vorbeifahren. Sofronis kurbelte das Seitenfenster unseres Autos herunter und ein angeregtes Gespräch entstand. Minuten später wendete Andrikos den Traktor und folgte uns auf dem Weg zur Farm. Noch ein paar Minuten später war das kleine Feld durchgepflügt und ich konnte säen. Ein Wunder war geschehen. Ich bestellte Stroh. Sofronis hatte mir die Telefonnummer von Stavros gegeben. Ich solle ihn am besten selbst anrufen, ich wisse besser, welche Art von Stroh die Pferde bräuchten. Mir schwante nichts Gutes, als ich ihn zum x-ten Mal erfolglos angerufen hatte. Das würde wieder ein schwerer Brocken, bis ich zu meinem Stroh käme. Nach Tagen hob Stavros ab. Die Bestellung war schnell aufgegeben. Ich brauchte 24 Strohräder der feinsten Qualität. Er würde sie mir kommende Woche mit seinem Lastwagen liefern. Aber diesmal war ich clever. Ich hütete das genau abgezählte Geld und dachte, wie weitsichtig ich doch war. Dieser Versuchung, gleich in bar bezahlt zu werden, könne er bestimmt nicht widerstehen, dachte ich. Ich versprach also, ihn vor Ort zu bezahlen, und das Warten begann. Diesmal gingen mehrere Wochen ins Land, und ich hatte längst aufgegeben, Stavros anzurufen. Das Geld lag gut in einer Schublade versteckt. Ich resignierte.

Eines Tages rief mich Sofronis an. Ich war gerade mit den Kindern in Limassol beim Kinderarzt, und ging nichtsahnend ans Handy. „Du, das Stroh kommt in 20 Minuten, Stavros hat mich gerade angerufen. Du musst dort sein mit dem Geld.", sagte mir mein Mann. Zwanzig Minuten? Wie sollte ich das denn schaffen? Und wieso hatte der nicht mich angerufen, damit ich den Tag besser hätte planen können? Der Arzt hatte gerade unser letztes Kind geimpft und wollte mich noch auf die folgenden Nebenwirkungen aufmerksam machen, doch ich winkte ab. Jaja, Fieber, laufende Nasen, hatten wir alles schon. Ich hetzte die drei ins Auto, schnallte sie an und düste los. Zwanzig Minuten, das war schon sehr knapp, aber ich konnte es bei wenig Verkehr vielleicht schaffen! Dreiundzwanzig Minuten später war ich zu Hause, bugsierte die Kinder ins Haus und horchte nach dem Lastwagen. Bestimmt würde er jeden Moment dröhnend die Einfahrt hinunterrollen. Es lohnte sich nicht, vorher noch mit Kochen anzufangen, das musste warten, sagte ich mir. Ich stellte ein paar Salzstangen auf den Tisch und wartete.

Ein Mittagessen und einen Mittagschlaf später vernahm ich endlich das erlösende Hupen des Lastwagens. Mit fliegenden Geldscheinen rannte ich die fünfzig Meter zur Scheune und da lagen, einem Wunder gleich, 24 kugelrunde tonnenschwere Strohräder. Was ich wieder mal nicht geschafft hatte, konnte Sofronis mit Leichtigkeit erreichen. Stavros steckte das Geld in die Hosentasche, schlürfte den Kaffee, den ich ihm gekocht hatte, und fuhr weg. Ich blieb zurück mit dem ernüchternden Gedanken, dass ich jetzt ja noch einen Bulldozer brauchte, um die schweren Räder in der Scheune zu stapeln. Wie hieß doch gleich der Bulldozer-Fahrer noch? Ja genau, das war doch Andrikos mit dem Traktor. O weh, ich schaute zum Himmel. In den folgenden Monaten würde es wohl nicht regnen, zumindest waren die Strohräder draußen für eine Weile sicher.

Trotz Resignation flammte hin und wieder ein kleines Stückchen Emanzipationsgeist in mir auf, manchmal mit weitreichenden Folgen, sodass ich mir wünschte, ich hätte auch diese Flamme im Keim erstickt. Mein Nachname auf dem Ehsschein lautet Potamitou. Auf meinem Führerschein bin ich Potamitis. Der Name meines Mannes ist auch Potamitis. Potamitou heißt nichts anderes, als dass ich die Frau vom Potamitis bin. Auf jedem Dokument hieß ich mal so, mal anders. Nein, das nahm ich nicht hin. Ich wollte nun wirklich weg von der „Frau vom Mann" und entschied, mich auf meinem neuen Ausweis Potamitis zu nennen. Schließlich hatte auch mein Schwiegervater mehrere Versionen seines Nachnamens gehabt, in Zypern nahm man es nicht so genau damit. In seinem Führerschein hieß er Nicolau, der Sohn von Nicolas, im Ausweis stand Lambrianou, der Enkel von Lambrianos, und schließlich in seinem Pass Potamitis, der Typ, der aus Potamiou kommt. Das konnte ich auch! Um sicherzugehen, dass das auch möglich war, fragte ich auf dem Amt nach.

„Ja natürlich geht das, dass du dich Potamitis nennst, das macht ja keinen Unterschied, ist ja derselbe Name", lautete die Antwort. Ich nannte mich fortan Marisa Potamitis, wie auf dem Führerschein. Ein Hauch der großen Welt haftete mir nun an. Ich war eine selbständige Frau, nicht nur jemandes Ehefrau. Auch meinen brandneuen Ausweis zierte nun der emanzipierte Name von mir. Ich war überaus zufrieden. Als ich auf der Bank Geld abheben wollte, legte ich stolz meinen Ausweis vor. Ich wartete und wartete, aber Geld bekam ich keines. „Das geht nicht, dein Konto lautet auf den Namen Potamitou, da muss Sofronis unterschreiben, damit du Geld abheben kannst", sagte der Mitarbeiter. Ich eröffnete sofort ein neues Konto mit meinem neuen Namen und, nachdem mein Mann stirnrunzelnd seine Vollmacht gegeben hatte, transferierte ich mein kleines Budget kurzerhand auf mein Emanzenkonto, wie ich es nun nannte. Na, denen hatte ich es aber gezeigt!

Es war schon fast lustig, wie meine beiden Namen sich abwechselten. Mein Postfach endete auf -is, meine Bankgeschäfte trugen ein -ou. Hin und her ging es mit meinem Namen, der mal geändert war und mal nicht. Jedenfalls empfahl ich meiner Tochter Melina, ganz brav bei ihrem Namen Potamitou zu bleiben. Emanzipation ist keine einfache Sache, und man trägt den Kampf wohl doch lieber auf einem anderen Feld aus.

Für Genießer: Picknick am Strand

Stürmisch und tiefenentspannt urlauben

Cyprus Villages – das authentische Dorfleben

SOFRONIS' LEBENSWERK IST DAS RESTAURIEREN DER
TRADITIONSHÄUSER IN DEN DÖRFERN. WIE ALTE BILDER
AN DEN WÄNDEN „SPRECHEN" KÖNNEN, REGIONALES
BIOFLEISCH ZU PANIKATTACKEN FÜHREN KANN UND MEIN
MANN, EIN ORGANISIERTER, CHAOTISCHER ENTHUSIAST,
ALLES AUFBIETET, UM GÄSTE GLÜCKLICH ZU MACHEN.

Mein Mann kam 1987 von seinem Studium aus Amerika zurück und hatte eine hochfliegende Idee im Gepäck. Die sah so aus: alte Dorfhäuser aufzukaufen, sie im traditionellen Stil zu renovieren und dann an Gäste aus aller Welt zu vermieten. Hätte er das nicht gemacht, hätten wir uns nie kennengelernt. Cyprus Villages ist sein Lebenswerk, nicht bloß sein Lebensunterhalt. So legte er dann auch seinen ganzen Enthusiasmus hinein, suchte monatelang nach geeigneten Liegenschaften und wurde in den Dörfern Kalavasos und Tochni fündig. Zum Teil mehr als 200 Jahre alte Steinhäuser konnte er zu damals noch niedrigen Preisen erstehen, sehr zur Freude der Banken. Mit seiner enormen Kreativität sah er schon mit Blick auf die alten Grundmauern in seinem Geiste die fertigen Projekte, wie es kaum ein erfahrener Architekt gekonnt hätte.

In manchen Häusern waren sogar noch antike Möbel zurückgeblieben, die wir nach einiger Restauration zur Einrichtung verwenden konnten. Selbst alte Schwarz-Weiß-

Fotos hingen an den schiefen Wänden. Es waren Zeugen der Vergangenheit, wie Geister, die sich in den Steinmauern versteckt hatten und uns zuflüsterten, die alten Häuser wieder her zu richten und zu beleben. So haben wir alle alten Fotos abgestaubt, eingerahmt und in den frisch renovierten Häusern wieder aufgehängt. Nun wachen die Bilder freundlich über die modernisierten Wohnungen und verbreiten ihre geheimnisvolle Atmosphäre. Wer waren sie, die Gesichter auf den Fotos? Ganze Familien hatten einst hier gewohnt, zusammen mit ihren Niederlagen und Hoffnungen. Die Männer sind in der traditionellen *Vraka*, den schwarzen, pludrigen Arbeitshosen, zu sehen, die Frauen in weißen Röcken mit bunten Bordüren, adrett frisiert. Die Kinder zeigen sich mit großen, fragenden Augen. Was haben sie gedacht? Wie haben sie gelebt? Hatten sie Wünsche, oder wünschten sie sich nur, genügend Essen auf dem Tisch zu haben? Alle blicken sie ernst und etwas ängstlich, als sei die Kamera ein Ungeheuer, das ihnen gleich ins Gesicht springen würde. Ich finde, die Betrachter schauen in die Bilder hinein, sie wirken irgendwie lebendig. Wer diese Menschen sind – keine Ahnung. Doch es sind sprechende Gesichter allesamt.

Sofronis fühlte sich den Gesichtern auf den Fotos gegenüber irgendwie verantwortlich, den Häusern wieder Leben einzuhauchen. So scheute er keine Mühe, die Gebäude auf traditionelle Weise herzurichten und komfortabel auszustatten, auf dass sich viele Gäste darin wohlfühlen würden. Was klein angefangen hatte, wuchs sehr schnell. Waren es noch fünf, sechs Wohnungen, die sich ein Bad teilten, wurden daraus im Laufe der Jahre mehr als sechzig traditionelle Dorfwohnungen, die sich in der Saison von März bis November mit internationalem Publikum füllten. Zu viele durften es aber nicht werden, der Tourismus sollte nie allzu viel Einfluss auf die Dorfbewohner haben. Die Gäste sollten teilhaben am Leben der Einheimischen, dieses aber nicht dominieren. Einige Tavernen machten auf und bieten seither den Gästen authentisches, zypriotisches Essen. Das gibt es in den Touristenhochburgen heute kaum noch.

Was jetzt so einfach klingt, war oft auch sehr kompliziert und mit vielen Hindernissen bestückt. Architekten zeichneten Pläne, die Sofronis gleich wieder verwarf. Bewilligungen wurden nicht rechtzeitig ausgestellt, Banken stellten ihre horrenden Forderungen, die zypriotische Touristenorganisation wollte mitreden und kam doch nicht zu Wort. Dann wurden die Klimaanlagen nicht rechtzeitig geliefert. Wir bemühten uns, zypriotische Angestellte zu finden, sei es zum Reinigen oder zum Kochen in der 1996 entstandenen eigenen Tochni Taverne. Irgendwann mussten wir feststellen, dass die Ansprüche der Einheimischen sehr gestiegen waren, und wir uns die verlangten Gehälter nicht leisten konnten.

Zypern wandelte sich. Nach dem Beitritt in die Europäische Union im Jahr 2004 klopften Menschen aus allen möglichen Nationen an unsere Tür, um Anstellung zu finden. Die Putzfrauen aus den Dörfern blieben uns treu, und als Rezeptionist, Kellner und Koch fanden wir fleißige Zugereiste aus Rumänien, die gut Englisch und sogar Griechisch sprachen. So waren wir ein gemischtes Team unter der Leitung von Sofronis, der alles auf einmal in der Hand zu haben schien und unermüdlich zum Wohl der Gäste unzählige Stunden auf den Beinen war.

Hatte ich ganz früher um zwei Uhr morgens oder um vier Uhr nachmittags auf Taxis mit Gästen direkt vom Flughafen gewartet, die Buchungen organisiert und die Putzfrauen beaufsichtigt, fand ich mich als glückliche Mutter von drei

Kindern wieder, die ich überall mit hinnahm und irgendwann doch feststellen musste, dass man Haushalt, Kinder
und Pferde nicht mit solchen Aufgaben verbinden konnte.
So widmete ich mich den Kindern und der Pferdefarm, die
wir 1999 mit zehn Pferden ausstatteten, um Reiturlaub in
Zypern anbieten zu können.

Cyprus Villages aber wuchs stetig. Sofronis baute, reno-
vierte, managte und trieb das Geschäft unermüdlich voran.
Deutsche, Holländer und andere Gäste aus aller Welt erkun-
deten die Dörfer, erlebten hautnah, wie das Leben hier
abläuft, wurden Teil davon und erfuhren in den Coffee
Shops die legendäre Gastfreundschaft. *Kopiaste* – es war
allgegenwärtig und die Gäste waren begeistert.

Unzählige Reiseveranstalter und Journalisten besuchten
uns. Sie wollten erleben, wie sich Urlaub in einem traditionellen Dorf anfühlt. Sie gingen auf Fahrradtour, schauten
zu, wie der berühmte *Halloumi*-Käse hergestellt wird,
schwangen sich mehr oder weniger elegant aufs Pferd und
wurden in unserer Taverne in Tochni mit lokalen Köstlichkeiten verwöhnt. Die Mühe hatte sich gelohnt. Zeitschriften,
Fernsehsender, Reisebüros und Reiseveranstalter berichteten
von der sanften Art des Tourismus, vom Leben im Inneren
von Zypern, wo die Zeit scheinbar stehen geblieben war.
Unsere neuen Gäste landeten erwartungsvoll am Flughafen
Larnaca, von wo sie mit Mietwagen, trotz Linksverkehrs,
nach Kalavasos und Tochni fanden, um sogleich in einer
traditionellen Ferienwohnung einzuziehen.

Das lief eigentlich meist sehr unkompliziert ab. Kleine
Probleme wurden von Sofronis sogleich beseitigt, und
wenn er mal im Ausland war und an einer Tourismusmesse
teilnahm, dann von mir. Ich mutierte manchmal fast zur
Mechanikerin, Elektrikerin, Klempnerin oder Psychologin

für gestresste Gäste. Ich wechselte Glühbirnen, hantierte mit Schraubenziehern, schraubte an Toilettenspülungen und scheuchte freche Schwalben aus den Schlafzimmern. Auch wenn vor Ankunft der Gäste in den Wohnungen immer alles kontrolliert wurde, machte hin und wieder ein Wassertank, ein Abfluss oder sonst etwas Ungeplantes schlapp und musste sofort behoben werden. Da ja Handwerker hier eher nach dem Motto *Avrio* (morgen) funktionieren, ist jeder froh, wenn er oder sie ein paar Kleinigkeiten selbst reparieren kann. So schraubte ich dann zum Beispiel an einer Lampe, die per Bewegungsmelder hätte ausgelöst werden sollen, im Halbdunkel auf der Leiter balancierend und flehte meine drei Kinderlein an, die Leiter bloß gut festzuhalten.

„Mami, ich muss mal", klang es unten hinter der Leiter hervor. Oder ich hörte: „Mami, ich hab' so einen Durst, wann gehen wir nach Hause?" Endlich war die Glühbirne gewechselt, die Glasabdeckung angeschraubt und ich heil von der Leiter gestiegen. Ich sagte den Kindern, sie sollten sich mal bewegen, um den Bewegungsmelder zu testen. Sie hüpften, tanzten und jonglierten vor der Lampe herum, aber nichts tat sich. Die Dunkelheit war inzwischen undurchdringlich. Also musste ich im Schein der Taschenlampe wieder die Leiter hoch. Ich schraubte, fluchte fast lautlos, aber noch immer brannte nichts. Ich war am Ende meines Elektrikerlateins. Die netten Gäste versicherten mir, dass es ihnen für heute nichts ausmachte, im Dunkeln in ihre Wohnung zu tappen, vielleicht könne ich ja morgen einen Elektriker organisieren?

Ja, könnte ich. Nur der käme dann aber sicher erst nächste Woche, wenn überhaupt. Entmutigt rief ich Sofronis an, der in Berlin auf der Internationalen Tourismusbörse war, der bedeutendsten Messe im Tourismus. Er meinte nur: „Aber das ist doch dort kein Bewegungsmelder. Du musst nur die Zeitschaltuhr drehen, dann geht's sicher wieder." Gesagt, getan. Der Innenhof erstrahlte im hellen Licht der Lampe. Die Kinder applaudierten, die Gäste freuten sich, und ich war wieder einmal um einiges gescheiter.

Bis vor Kurzem fuhren wir auf Evlambias Ziegenfarm in Kalavasos, um unseren Gästen die Herstellung von *Halloumi*-Käse zu zeigen. Die Bäuerin stammt aus einer riesengroßen Familie. Sie ist eines von sechzehn Kindern, hat selber aber nur sechs, die nach der Schule auf der Farm mithalfen. Zwei Töchter sind allerdings vor Jahren nach Australien ausgewandert und betreiben dort selber Ziegenfarmen. Als Evlambias Mann Kypros vor einigen Jahren starb, verkaufte sie urplötzlich alle Ziegen, überließ ihre leere Farm dem Schicksal und wanderte aus zu ihren Töchtern nach Sydney. Sie hinterließ im Dorf Kalavasos eine große Lücke. Auch ich spazierte manchmal traurig durch die ausgestorbene Farm. Kein Meckern, kein Gackern, auch kein *Halloumi*, der auf offenem Feuer gemacht wurde, ein trostloser Anblick.

Das ist kein Einzelfall. Um zu verstehen, was in unseren Dörfern vor sich geht, muss ich kurz ausholen. In den 1960er- und 1970er-Jahren wanderten insgesamt mehr als 200.000 Zyprioten nach England, Amerika und Australien aus, da in Zypern zu dieser Zeit Armut, Arbeitslosigkeit und politische Unsicherheit herrschten. So entstanden in der Ferne ganze zypriotische Kommunen, die langsam aber stetig wuchsen. Die Heimat besuchten sie nur selten oder nie, die Reise war zu aufwendig. Bis heute vergrößern sich diese Kommunen, vor allem nach der Finanzkrise 2013 machten sich noch einmal einige Familien auf den Weg in die Fremde, getrieben von der Hoffnung auf eine bessere Zukunft.

Zu unserem Glück betreibt Evlambias Schwester Loulla im

Nachbardorf eine noch größere Ziegenfarm und war bereit, unsere Gäste freudig zu empfangen. Sie schürt das Feuer, rührt im Topf, presst mit schweren Steinen die Flüssigkeit aus dem *Halloumi*-Käse und bereitet für alle Gäste mit großem Enthusiasmus Kaffee und Frühstück zu. Sie ist das Highlight so mancher Gäste, die einen echten Einblick in das traditionelle Farmleben auf Zypern bekommen. Waren es 2005 noch um die zwei Millionen Touristen auf der Insel, wuchs die Zahl 2018 bereits auf mehr als 3,6 Millionen. Wie schön, dass immer mehr davon das urtümliche Zypern schätzen und es bei uns ganz authentisch kennenlernen können.

Unsere Gäste sollten aber nicht nur traditionell wohnen, wir wollten, dass sie auch unsere traditionellen, äußerst schmackhafte und abwechslungsreichen Gerichte kennenlernen. Darum hatte Sofronis sich 1996 entschieden, eine Taverne zu eröffnen, die zypriotische Gerichte auftischt, so wie Sofornis sie aus seiner Kindheit kennt. Keine Pommes frites, die im alten Öl schwimmen, keine langweiligen *Souvlaki*, wie es sie in den Touristenhochburgen gibt, sondern selbstgemachte *Patates sto Fourno*, Kartoffeln mit Rosmarin im Ofen. *Souvlaki* aus dem besten Schweine- oder Lammfleisch mit roter Paprika und Zwiebel am Spießchen. Traditionelle *Moussaka*, wie es seine Mutter zubereitet hatte, und würziges *Stifado*, eine Art Fleischeintopf mit Essig und viel Zwiebeln, stundenlang gegart. Christos, unser langjähriger Koch, stand unermüdlich mit Sofronis in der Küche. Gemeinsam probten und kosteten sie von den traditionellen Kreationen, bis beide nickten und wieder ein neues Gericht seinen Weg auf die Speisekarte fand. Die Gäste sind stets begeistert. Wir bemühen uns immer, lokale Produkte einzukaufen. Am liebsten biologisches Gemüse, was ich zum Teil auch selbst anpflanze. Tomaten, Gurken, Zucchini, *Okra*, verschiedene Salate und Auberginen hege und pflege ich mit viel Liebe und Aufwand.

Eines Tages fand Sofronis, wir sollten auch Fleisch vom lokalen Farmer holen. Vielleicht Schweine, die glücklich aufgewachsen sind und nicht in den großen Ställen, die nicht viel besser sind als anderswo. Kein abgepacktes, anonymes Stück Fleisch, sondern saftige Steaks und *Souvlaki* vom lokalen Bauern, dessen Schweine frei herumlaufen können und das Leben bis zum Schluss genießen.

Also ging es los mit der Suche. Wer hält denn heutzutage noch selbst Schweine? Wir wurden sogar in unserem Dorf fündig. Andreas Ferkel quietschten munter, als wir uns seiner Farm näherten, die inmitten der idyllischen Hügel vor Kalavasos liegt. Mit Gummistiefeln und Arbeitshosen bekleidet empfing er uns und bot uns sofort Orangen aus seiner Plantage an. Wir genossen die saftigen Früchte, dann einigten wir uns auf einen Preis für ein ganzes Schwein. Es sollte aber ordentlich zerteilt und verpackt sein. Andreas' Schweine waren wirklich herzig mit ihren Ringelschwänzchen und den rosa Ohren, zum Glück so ganz anders als meine hängebauchigen Haustiere. Aber ich bekam augenblicklich ein schlechtes Gewissen und wünschte mir, die Taverne böte nur vegetarische Menüs an. „Das wird ein Erfolg!", meinte mein Mann. „Stell dir vor, nicht nur biologisches Gemüse, sondern auch biologische *Souvlaki*, das werden unsere Gäste aber schätzen." Ich blieb eher schweigsam. Das Schwein hier lebend zu sehen und mir vorzustellen, dass es nächste Woche bei mir in der Tiefkühltruhe liegen wird, das beschäftigte mich sehr. Wie einfach ist es doch, fertig verpackte Fleischstücke im Supermarkt zu kaufen. Nichts erinnert daran, dass dieses Stück von einem lebendigen Tier stammt, nichts lässt uns nachdenken, wie dieses Tier gelebt hat – und gestorben ist. Aber davon wollte Sofronis nichts mehr wissen. „Biologisch, sag ich dir, das ist voll der Trend." Wir einigten uns, dass Andreas das geschlachtete Schwein nächsten Donnerstag liefern sollte.

Am übernächsten Dienstag lieferte er es auch sehr zuverlässig, aber leider nicht direkt in unsere Taverne im Nachbardorf, sondern, ich weiß nicht warum, zu uns nach Hause. Sein Pick-up rumpelte die Einfahrt hinunter und kam mit quietschenden Bremsen zum Stehen. Er hupte eindringlich, obschon ich schon händeringend daher gelaufen kam. Ich ahnte schon, was mir bevorstand. Aber bevor ich ihm irgendetwas zurufen konnte, hievte er schon drei schwere Kübel über die Rampe seines Pick-ups. Darin lagen Schweinestücke, ein klauenbestücktes Bein hing über den Rand, und das Blut schwappte auf dem Boden. Von wegen verpackt ...

Andreas hatte munter die zerteilten Stücke in den Kübeln auf sein Auto gepackt. Er grinste breit, als er sich mir zuwandte. „Da, schön biologisch!", meinte er und reichte mir einen schweren Plastiksack. „Der Kopf hatte keinen Platz mehr." Ich zuckte zurück. Da rollte der Schweinekopf schon auf dem Boden. „Tststs", machte Andreas und drückte ihn mir in die schwachen Hände. Ich wollte ihm sagen, er solle die Kübel wieder aufladen und direkt in die Taverne hochbringen, dies sei der falsche Lieferort, aber irgendwie war mir plötzlich sehr schlecht. Meine Stimme versagte. Fröhlich winkend tuckerte Andreas die Einfahrt wieder hinauf. Das Dröhnen seines Dieselmotors verschwand in der Ferne.

Da stand ich nun mit einem zerteilten Schwein in drei Kübeln und dem Kopf in der Hand. Blut rann an meinem Arm hinunter. Große Panik machte sich breit. Ich warf den Kopf zum Rest, wandte mich um und torkelte so schnell es ging auf meinen wackeligen Beinen ins Haus, wo ich mir die Hände minutenlang schrubbte. Stinkwütend rief ich Sofronis an, er solle gefälligst sofort das Schwein abholen, auf welche Art auch immer, und biologisches Fleisch sei der größte Blödsinn überhaupt!

„Ja aber, warum hast du ihm denn nicht gesagt, er soll die Kübel wieder aufladen und nach Tochni bringen?", fragte mich Sofronis stirnrunzelnd. „Das wäre doch das einfachste gewesen." Ja, wäre es, aber mir war so schlecht, dass ich zu langsam reagiert hatte. Ich war konfrontiert worden mit der Realität, dass abgepacktes Fleisch aus dem Supermarkt nicht viel anders produziert wird als unser „biologisches". Ich war wieder mal an meine Grenzen gestoßen und einfach nur froh, dass Sofronis nun eilig die Kübel nach Tochni beförderte.

Zum Glück haben wir inzwischen längst einen anderen Produzenten gefunden. Einer, der die Teile hygienisch verpackt, professionell nach Tochni liefert, und so bleiben die blutigen Kübel nur noch eine Mahnung an mich, damit ich sicher nie vergesse, wo Fleisch denn wirklich herkommt. Zum Glück hat unsere Tochni-Taverne heute eine Vielzahl vegetarischer Gerichte auf der Karte. Auch Sofronis und ich speisen lieber fleischlos.

Essen hin oder her, den Gästen geht es um mehr. Sie suchen Erholung pur, wollen Abschalten vom Alltag und es fällt manchen doch so schwer. Dazu ein Beispiel: Ich wartete eines Tages in Kalavasos auf dem Hauptplatz schon eine Weile auf ein deutsches Ehepaar, das am späten Nachmittag endlich eintraf. Sie hievten unzählige Koffer, Taschen und zwei große Rucksäcke aus dem Kofferraum. Gemeinsam schleiften wir das enorme Übergepäck die zwei Gehminuten bis zum „Archondia Haus", das mit seinem blumigen Innenhof und dem blauen Pool besticht. Ich öffnete die Tür zur Wohnung Nummer eins und war mir sicher, dass es den Gästen gefallen würde. Es war neu renoviert und die orthopädischen Betten mit bunten Bezügen sahen verlockend aus. Auf der Terrasse blühten die Bougainvillea und Geranien. Zögernd sahen sie sich um.

„Wo ist denn die Sonne?", fragte die Dame. „Ähm", erwiderte ich und sah in die Dämmerung, „die Sonne kommt dann morgen. Um sieben Uhr abends wird es langsam dunkel und ..." Da unterbrach mich die Mittfünfzigerin unwirsch: „Nein, nein, wir wollen Sonne! Hier scheint ganz klar die Sonne nicht, wir wollen eine andere Wohnung!" Ihr Mann strich sich erschöpft über sein Gesicht. „Martha, lass mal gut sein, ist doch ganz nett hier", versuchte er sie zu beschwichtigen. Aber Martha war nicht zu bremsen: „Wir hatten Dauerregen in Deutschland, Kurt, da ist es doch wohl klar, dass ich Sonne will, nichts als Sonne! In dieser Wohnung ist es dunkel, hier bleibe ich nicht!"

Mir fehlten die Worte. Die Wohnung hatte große Fenster und war tagsüber sonnendurchflutet. Sollte ich nun weiter diskutieren oder einfach nachgeben und den Gästen eine andere Wohnung zeigen? Ich beschloss nachzugeben. Mein Ziel war es, glückliche und zufriedene Gäste zu haben und mich nicht auf eine Diskussion einzulassen. Also packten wir das ganze Gepäck wieder zusammen, Martha schleppte schwer an ihrer Handtasche, während Kurt und ich zähneknirschend den Rest die Stufen hinabhievten. Ich wagte doch noch einen kleinen Kommentar: „Sie werden sehen, wenn morgen die Sonne scheint und Sie ausgeruht sind, sieht die Welt anders aus. Alle unsere Wohnungen sind sehr hell, und auf den Veranden scheint den ganzen Tag die Sonne. Ich bin sicher, wir finden das Geeignete für Sie." Martha ignorierte mich und stöckelte über die Straße. Kurt wand sich sichtlich, und seine Ohren leuchteten rot vor Scham. Seine Martha zeigte sich wirklich nicht von ihrer Sonnenseite, kein Wunder, denn sie brauchte viel Sonne ...

Die nächste freie Wohnung lag im oberen Stock des „Tenta Hauses". Die Veranda dort war besonders groß und die Aussicht über das Dorf und die Hügel war kaum zu überbieten. Allerdings, so informierte ich die Gäste, müssten wir eine Treppe hochsteigen. Ich schlug vor, das ganze Gepäck unten stehen zu lassen, um die Wohnung erst einmal zu inspizieren. Es war inzwischen nämlich komplett dunkel, und die Sonne hatte heute keine Chance mehr, die Dame zu erfreuen. Martha keuchte die Treppe hoch und Kurt beschloss, unten zu warten. Die Entscheidung lag ganz klar bei seiner Frau, nicht bei ihm.

„Nein", zeterte diese bald darauf, „zu viele Stufen!" Die nächste Wohnung war im „Takis Haus": keine Stufen, große Veranda, aber leider nachts auch keine Sonne.

„Nö, zu kleines Bad!" Nächste Wohnung. „Hmmm, zu kleine Fenster!" Meine Höflichkeit begann zu bröckeln. Ich wandte mich an Kurt, den ich schon beinahe als meinen Verbündeten betrachtete. „Schauen Sie, es ist nun sowieso ganz dunkel. Ich schlage vor, Sie bleiben jetzt in dieser Wohnung und morgen sehen wir dann weiter. Wenn erst mal die Sonne scheint, werden Sie feststellen, dass Ihre Frau wieder ganz glücklich ist." Kurt schaute mich dankbar an. „Ja, Martha, sollen wir das so machen? Was meinst Du denn?" Martha winkte ab. „Pff, jetzt kriege ich sowieso keine Sonne mehr ab, dann können wir gerade so gut in die erste Wohnung zurück, die hat mir nämlich am besten gefallen ..." Na bitte!

Zum Konzept von Cyprus Villages gehört nicht nur traditionelles Wohnen und Essen, wir organisieren auch traditi-

onelle Hochzeiten. Dazu benutzen wir meist den Kirchenplatz in Tochni, wo wir für mehr als hundert Hochzeitsgäste
Stühle, Tische und Dekorationen aufstellen. Dazu gibt es
leckeres Essen von unserer Taverne. Braut und Bräutigam
werden mit traditioneller Musik von ihrer Wohnung bis
zum Kirchenplatz begleitet, wo das Fest bei Mondschein und
Livemusik bis in die Nacht hinein dauert. Diese Hochzeiten
sind für uns als Team anstrengend, und die Verantwortung
ist immens. Das Brautpaar vertraut uns seinen wichtigsten
Tag des Lebens komplett an. Wir tun alles, um Paar und
Gäste glücklich zu machen. Das gelingt uns zum Glück
immer, aber die Umstände sind manchmal herausfordernd.
Das Brautpaar, mit dem wir folgendes erlebten, habe ich
extra gefragt, ob ich diese Geschichte veröffentlichen darf.
Ich darf.

Der große Traum unserer Gäste und lieben Freunde Henk-
Steven und Nathalie war es, im nächsten April direkt am
Meer zu heiraten. Henk-Steven ist Holländer, Nathalie
kommt aus Moskau. Ihr großer Wunsch war es, den Treue-
schwur in Zypern abzulegen. Mein Mann Sofronis überlegte
nicht lange und versprach, Stühle und Tische mitsamt dem
Essen kurzerhand an den Strand mit den weißen Felsen zu
verlegen, um die Hochzeitsfeier dort abzuhalten. Meinen
kleinen Einwand, im April könnte das Wetter doch vielleicht
nicht mitmachen, erstickte er im Keim und legte gleich los
mit dem Organisieren.

Die Weißen Felsen sind eine kleine Berühmtheit unserer
Region. Direkt neben dem Governors Beach gelegen,
erstrecken sich endlose weiße Kalkfelsen, die ins azurblaue
Meer ragen. Sie reichen beinahe bis nach Limassol und die
Atmosphäre dort ist einfach magisch. Am Governors Beach
steht das Restaurant von Sofronis Bruder George, der das

Restaurant der mittlerweile leider verstorbenen Eltern weiterführt.

Mein Mann Sofronis, elektrisiert von der Vorbereitung dieser einmaligen Feier, fand dort einen baufälligen Holzrahmen. Neu angestrichen und schön dekoriert, konnte er diesen als Baldachin an den Sandstrand in den weißen Felsen stellen. Da also sollte das Brautpaar den heiligen Schwur leisten. Dazu kamen einhundert Stühle, stilecht mit weißen Überzügen versehen, Tische und Tischtücher. Von der Taverne in Tochni sollten an dem großen Tag das Hochzeitsessen und die Getränke kommen. Sofronis schreckte vor keiner Herausforderung zurück und meinte: „Das wird ganz einfach, ihr werdet sehen. Blauer Himmel, blaues Meer, dazu die weißen Felsen, das wird hinreißend!" Das Brautpaar war ebenso begeistert.

Der große Tag im April rückte näher. Ich hatte schon die Blumen organisiert und ein Fischerboot gemietet, das die Braut vom Fischerhafen in Zygi zum Strand rudern sollte. Die Hochzeitstorte war bestellt und der Holzrahmen des Baldachins lag in einzelne Stücke zerlegt auf dem Parkplatz des Restaurants. Meine liebe Freundin Ruth hatte sich bereiterklärt, mir bei den Vorbereitungen zu helfen. Ich war ihr sehr dankbar, denn ich war mir sicher, dass ich ihre psychische Unterstützung gut gebrauchen könnte. Ich hatte den Wetterbericht gecheckt, leichte Panik stieg in mir hoch. Momentan war es windstill und sonnig, ein typischer Apriltag eben. Nur für den folgenden Tag wurden Windböen vorausgesagt. Wie sollten wir da den Baldachin mit weißen und blauen Tüchern dekorieren und die Blumen aufstellen? Und die Frisur der Braut? Eine Katastrophe bei solchen Böen!

Am Tag der Hochzeit sah ich auf die Windtabelle im Internet. Waren es gestern noch null Beaufort, sprich Stille und spiegelglatte See, würden es heute am Hochzeitstag bis zu sieben Beaufort geben. „Sieben Beaufort: Steifer Wind", stand da, „die See türmt sich auf, beim Brechen entstehender weißer Schaum beginnt, sich in Streifen in die Windrichtung zu legen." Das konnte ja heiter werden, dachte ich so. Wie sollte da die Braut mit dem kleinen Fischerboot angerudert kommen? Das würde sicher kentern! In diesem Moment klingelte mein Telefon. Es war der Fischer Kyriacos, der sich mit kurzen Worten weigerte, irgendwen mit dem Boot irgendwohin zu rudern.

„Es werden heute neun Beaufort vorhergesagt!", warnte er mich und legte auf. Ich hatte bis dahin noch nie etwas von Beaufort gehört, und plötzlich schien ich an nichts anderes mehr denken zu können. Ob sieben oder neun, es würde stürmisch werden. Also rief ich den Bräutigam an und versicherte ihm, dass es genauso schön sei, wenn die Braut mit wehendem Schleier über die weißen Felsen auf den Bräutigam zuschritt. Ich hörte die Enttäuschung in seiner Stimme und tröstete ihn mit dem Gedanken an die Musiker, die ich organisiert hatte. Sie seien sehr professionell und hätten viel Erfahrung mit Hochzeiten, versicherte ich ihm.

Tatsächlich war es sehr schwierig gewesen, eine Liveband zu finden, die unter freiem Himmel am Meer spielen würde. Aber ich hatte ein gutes Gefühl. Da klingelte das Telefon erneut. Es war der Chef der Band, die ich um zehn Uhr morgens in den weißen Felsen hätte treffen sollte, um sich einzuspielen. „Wir kommen nicht! Es stürmt!", erklärte Pavlos schlicht. Ich fing an zu betteln und flehen. „Du kannst uns jetzt nicht im Stich lassen! Bitte kommt sofort und schaut es euch selber an. Es wird sicher nicht so schlimm werden." Er versprach zu kommen, machte mir dabei aber nicht allzu viele Hoffnungen.

In der Zwischenzeit hievte Sofronis mit Hilfe von Buju, unserem lieben, tatkräftigen Angestellten, den frisch gestrichenen, schweren Holzrahmen des Baldachins auf den Pick-up. Er hätte eigentlich ganz einfach in den Sand gestellt werden sollen, aber bei dem Wind würden sie ihn wohl eingraben müssen, damit er auch hielt.

Selbst Sofronis, der sonst vor nichts zurückschreckte, blickte besorgt zum Himmel. Der Wind hatte zugenommen. Er schüttelte schon die Blätter der Bäume kräftig durch. Gemeinsam am Strand angekommen, blieben wir alle wie angewurzelt stehen. Die Wellen brachen sich an den weißen Felsen. Gischt zischte wild über den Strand. Ruth und ich überlegten uns einen Plan B. So konnte niemand eine Hochzeit abhalten. Wir mussten dringend mit dem Brautpaar reden und sie überzeugen, dass es bei diesem Sturm keine Freilufthochzeit geben konnte. Vielleicht könnte das Restaurant am Governors Beach eine Alternative sein?

Sofronis lehnte verbissen ab. Er hatte dem Brautpaar sein Versprechen gegeben, und das würde er auch halten, Sturm hin oder her. Er hatte nun mal einen sturen Kopf und gab nie auf. Ich kannte das ja schon zur Genüge nach all den Jahren. Auf allen Vieren grub er mit den Händen im Boden, um die Pfosten des Holzrahmens einzugraben. Der Sand flog ihm nur so um die Ohren. Wie sollte er in so kurzer Zeit so tiefe Löcher ausheben?

Ruth und ich hatten inzwischen resigniert. Wir saßen auf den Felsen, unsere Kleider und Haare flatterten im Wind. Vor uns grub Sofronis im Sand und versuchte, Unmögliches möglich zu machen. Das ist seine Art. Probleme nahm er oft gar nicht richtig wahr. Was für andere absurd schien, war für ihn eine weitere Herausforderung, unsere Gäste glücklich zu machen. Doch diesmal? Er lachte uns breit an: „Ihr werdet

sehen, es geht sicher alles gut! Das wird ein voller Erfolg!"
Na, den Enthusiasmus hätten Ruth und ich haben wollen.
Die Windböen waren inzwischen unerträglich. Da fuhr der
weiße Van der Musiker heran. Pavlos kurbelte das Fenster
einen Zentimeter hinunter, sofort wehte dichter Staub
ins Auto. Er hustete. „Das ist doch ein Scherz!", schrie er.
„Unsere Instrumente und Verstärker werden ja ruiniert bei
dem Staub!" Ich weiß nicht mehr genau, was ich ihm alles
vorgejammert habe, aber nach kurzem Beraten mit seiner
Band stiegen sie tatsächlich alle aus und fingen an, ihre
Geräte aufzustellen. Gott sei Dank!

Nun wurden Ruth und ich von Sofronis' Eifer gepackt,
und wir entschlossen uns, es ihm gleich zu tun. Wir würden
es schaffen! Kurz darauf hatten wir die Blumen im Geschäft
abgeholt. Wir bewahrten sie so windgeschützt wie möglich
in Felsspalten auf und machten uns ans Dekorieren des Holzrahmens. Der stand inzwischen sicher verankert im Sand.
Wir versuchten, lange blaue und weiße Tücher kunstvoll
so zu drapieren, dass ein festlicher Baldachin entstand. Der
Wind riss uns die Stoffbahnen aus der Hand, wir konnten
sie einfach nicht fixieren. Kurzerhand brachte Sofronis uns
Nägel und Hammer. Anstatt die Tücher wie geplant zu
einem Himmel zu spannen, wickelten wir sie kurzerhand
von einem Pfosten zum anderen und klopften Nägel ein. Die
Hochzeitsblumen wurden uns mehrmals aus den Händen
gerissen. Auch die wurden brutal festgenagelt, damit sie
hielten. Unsere Augen tränten, der Hals brannte und wir
keuchten gegen den Wind, der inzwischen zu Orkanstärke
gewachsen war. Der Zeitpunkt der Zeremonie rückte immer
näher. Noch immer waren wir nicht bereit.

Sofronis raste am Strand hin und her, und was wie ein
kopfloses Chaos aussah, war in Wirklichkeit ein Wettlauf

gegen den Sturm, den er zu gewinnen dachte! Da fuhr der große Bus mit den Hochzeitsgästen vor. Die Stühle waren ja schon in alle Himmelsrichtungen geweht, und so musste jeder Gast seinen Stuhl mit dem weißen Überzug erst einmal selbst an den Strand stellen. Als alle fest und überraschend sicher saßen, erklang tatsächlich der Hochzeitsmarsch. Gut, er war mächtig vom Wind verzerrt, aber durchaus erkennbar. Das Brautpaar schritt entschlossen und vom Wind arg zerzaust über die weißen Felsen. Der Brautschleier flog der Braut um die Ohren, die kunstvoll frisierten Haare verloren ihre Form, aber ihr glückliches Lachen, die Vertrautheit und die Liebe, die das Paar ausstrahlte, trotzten dem Sturm!

Die Zeremonie verlief wie im Traum, der Sturm verlieh ihr eine wilde, dramatische Atmosphäre. Auch wenn beim Essen am Strand so manchem Gast der Sand zwischen den Zähnen knirschte, waren doch alle begeistert. Wir hatten es geschafft! Für Sofronis zählten nur die glücklichen Gäste. Kaum hatten wir alles aufgeräumt, holperte er über die Felsen zurück nach Tochni. Es gab noch viel zu tun an diesem Tag. Während Ruth und ich uns erschöpft auf den Heimweg machten, nahm Sofronis noch mehrere anreisende Gäste in Empfang, kaufte für die Taverne ein und sah auch sonst überall mal nach dem Rechten. Er war und ist ein Energiebündel, das jedermann nur bewundern kann, auch wenn ich oft selber kaum im Laufschritt hinterherkomme.

Mein Mann ist ein organisierter Chaot, ein liebenswerter, hart arbeitender Mensch, der Cyprus Villages aufblühen lässt, die Gäste auf Händen trägt und bis zum Umfallen dafür sorgt, dass alle glücklich und zufrieden ihren Urlaub genießen können. Diese Hochzeit war das beste Beispiel.

Manchmal wünsche ich mir, dass er etwas mehr Zeit für sein eigenes und auch unser gemeinsames Leben hätte. Nur

wenn er dann am Ende eines weiteren intensiven Arbeits-
tages endlich innehalten kann, weiß ich, dass er mit Leib und
Seele Cyprus Villages durch alle Höhen und Tiefen führen
wird und nur so glücklich sein kann.

Granatapfel: Explosionen im Mund und Farbflecken auf der Bluse

Granatapfelerlebnisse - zum Anbeißen

Die Götter schickten die gesündesten Früchte

Um uns wächst eine Art Naturapotheke. Was wir an heilsamen, betörenden und schmackhaften Früchten ernten, ist einfach grossartig. Von Oliven, Datteln, Feigen, Weintrauben, Carob, Mandeln und Zitronen ist die Rede. Wie wohltuend!

Einen Granatapfel zu essen, ist eine kleine Herausforderung. Die lederne rote oder gelbbraune Schale ist hart. Wenn das Messer sie durchtrennt, fließt der blutrote Saft in Strömen. Am besten zerteilt man die Götterfrucht von Hand in kleine Stücke und löst die eng aneinander sitzenden Kerne von den bitteren gelben Zwischenhäuten. Die granatroten Kerne warten förmlich darauf, herausgehoben zu werden und springen fast schon elastisch in die Schüssel. Im Inneren der roten Kerne befindet sich ein harter Samen, der mitgegessen wird. Beim Kauen explodieren Frische und Geschmack im Mund. Ich kriege nicht genug davon und esse, bis nur noch die lederne Schale und die gelben Zwischenhäutchen übrig sind. Kleiner Nachteil: Vielleicht spritzen auf die Kleider ein paar Saftflecken, die sich nie wieder herauswaschen lassen.

Aber der Granatapfel ist doch so gesund: Er ist quasi ein Rostschutzmittel für den Körper. Er enthält zahlreiche Vitamine und Antioxidantien, die vor Herzkrankheiten und Entzündungen schützen. Schon Aphrodite wusste den Granatapfel zu schätzen, symbolisieren doch die orange-roten Blüten die Liebe, und die unzähligen Kerne sind ein Beweis der Fruchtbarkeit. Es sollen in jedem Granatapfel 613 Kerne sein, so viele wie Gesetze im Alten Testament. Gezählt habe ich sie noch nie, ich esse sie viel zu gerne. Der Granatapfelbaum gehört zu den sieben Pflanzen des Heiligen Landes. Kein Wunder, dass hier all diese Pflanzen ebenso heimisch sind, schließlich ist Zypern nur rund 470 Kilometer von Israel entfernt.

Neben dem Granatapfel, der für Liebe, Fruchtbarkeit und Schönheit steht, ist der Olivenbaum (Ölbaum) von besonderer Bedeutung: Er symbolisiert Frieden und Hoffnung. Eine weiße Taube trug einen Olivenzweig zu Noahs Arche. Olivenöl ist aus der zypriotischen Küche nicht wegzudenken. Wenn ab September die Oliven in die Presse gefahren werden, ist das frische Öl fast das Hauptthema auf dem Land. Wie viel Liter man heuer gewonnen hat, wie die Farbe ist (das ganz frische Öl ist am Anfang fast neongrün!), und wie wohl der Preis sich entwickelt, lauten die bangen Fragen. Fast jeder Zypriot, selbst die Leute aus der Stadt, haben irgendwo ein paar Olivenbäume stehen. Es ist fast schon ein kleines Volksfest, zum Ernten zu fahren. Bestückt mit Picknickkorb, Netzen, Rechen und Kübeln fährt die ganze Familie am Wochenende aufs Land, um fröhlich die olivenschweren Äste zu kämmen. Die Oliven prasseln dann auf die zuvor ausgelegten, grünen Netze. Die Blätter werden entfernt und die Oliven in große Kübel gepackt. Dann geht es ab zur Presse. Dort stehen moderne Maschinen zum Waschen bereit. Die Oliven nehmen ihren Weg über Förderbänder in die Presse, wo sie von den Kernen befreit werden. Dann folgt mehrere Stunden lang das kalte Pressen. Wenn das leuchtend grüne Öl dann in die Container fließt, ist die Freude groß. Beim gemütlichen Schwatz wartet jeder geduldig, bis er an der Reihe ist, um dann mit dem mehr oder weniger großen Ertrag aus den Oliven nach Hause zu fahren.

Wann immer ich vor einem alten Olivenbaum stehe, erstarre ich in Ehrfurcht. Wie viel hat der Baum in all seinen Jahren erlebt? Was hat er gefühlt? Dass Olivenbäume fühlen können, glaubt erst, wer seine Hand auf die knorrige Rinde gelegt hat und die Energie, die von ihm ausgeht, wahrnimmt. Dies ist nicht nur ein Baumstamm, sondern ein lebendes, atmendes, warum nicht auch fühlendes Geschöpf. Ob tausendjährig, jünger oder älter, der Olivenbaum steht mit bis zu sechs Meter langen Wurzeln stoisch in der Erde. Kein Wind, keine Hitze, keine Naturkatastrophe kann ihm etwas anhaben. Geduldig lässt er seine Früchte reifen und wartet, dass sie geerntet werden.

Selbst die Olivenblätter haben eine enorme Heilwirkung. Als Tee gekocht wirken sie antioxidativ, antibiotisch, antiviral und antimykotisch. Man sollte eigentlich jeden Tag davon trinken. Kombiniert mit Granatapfelsaft steht einem hundertjährigen Leben eigentlich nichts mehr im Wege. Der Olivenblättertee ist durch das Oleuropein, das hochkonzentriert auch in den Blättern, der Rinde und den Wurzeln enthalten ist, sogar noch gesünder als Olivenöl. Aber leider weiß das heutzutage kaum noch jemand. Sofronis' Großmutter hat früher täglich eine Tasse des Blätterextrakts getrunken und war nie krank! Übrigens hat Olivenöl in der orthodoxen Kirche große Bedeutung. Bei der Taufe wird das Baby damit gesalbt und bei der Beerdigung der Verstorbene. Olivenöl am Anfang und am Ende sozusagen.

Die Dattelpalme ist eine weitere symbolträchtige Pflanze aus dem Heiligen Land. Als wichtiger Nahrungslieferant ist sie Symbol für Aufrichtigkeit und Rechtschaffenheit. Und ein toller Schokoladenersatz ist sie für mich durch ihre Süße

auch. Auch wenn Dattelpalmen in Zypern nicht so allgegenwärtig sind wie Oliven- oder Johannisbrotbäume, verleihen
sie doch vor allem den Dörfern einen wunderbar exotischen
Charakter. Im Herbst hängen die Datteln üppig und schwer
zu Hunderten an den Palmenfransen, und wenn man sie
erntet, sind sie gelb und noch ungenießbar hart. Entweder
lagert man sie an einem kühlen Ort und wartet, oder aber
man friert sie kurz ein. Durch das Einfrieren und wieder
Auftauen beschleunigt sich der Reifeprozess und im Nu sind
die Datteln dunkelbraun, weich und saftig reif!

Wir haben noch mehr tolle Bäume – etwa den Feigen-
baum. Wer im schützenden Schatten seiner Blätter sitzt, gilt
als zufrieden und glücklich. Es gibt auf Zypern unzählige
verschiedene Feigenarten. Die meisten fangen im August an,
reif zu werden, aber sie können noch bis in den Dezember
hinein geerntet werden. Unglaublich süß sind sie. Viele
können kaum widerstehen, an jedem Baum ein paar zu
kosten. Doch Vorsicht: Lustigerweise hängen kleine, neue
Feigen noch vor dem frischen Laub an den Bäumen. Blüten
sieht man keine, sie verstecken sich im Innern dieser Früchte
und werden Vorfeigen genannt. Aber sie sind ungenießbar.
Die essbaren Feigen sprießen erst viel später. Und da gibt es
alle Arten – von ganz klein, grün und fast kugelrund bis zu
knallviolett und groß wie eine Kinderfaust.

Ganz wichtig ist noch die Weintraube. Viel besungen
und bedichtet, wird sie in der Bibel am häufigsten erwähnt,
abgesehen natürlich vom Ölbaum. Die Traube ist eine der
ältesten Kulturpflanzen der Menschheit und wer früher
Weinberge besaß, galt als reich und gesegnet. Schon der griechische Gott Dionysos konnte Zyperns Wein nicht widerstehen. Archäologische Funde belegen, dass Weinbau auf
Zypern seit 4000 Jahren betrieben wird.

Die heute bei Touristen so beliebten Weindörfer waren allerdings eine ganze Zeit lang fast ausgestorben. Früher herrschte in den Weinhügeln zu jeder Jahreszeit reger Betrieb. Vor allem in der Erntezeit ab August waren überall Esel unterwegs. Lastwagen waren gänzlich unpraktisch auf den gewundenen, hügeligen Pfaden. Heute allerdings werden diese Pfade in Schotterstrassen umgebaut, damit auch die Pick-up-Trucks einfache Zufahrt haben. Monatelang wurde geerntet, gepflückt und geschnitten. Die Traubenpressen hatten Hochkonjunktur. Guter Wein floss in Strömen. Die einheimischen Sorten Maratheftiko und Xynisteri wachsen fast überall in den höher gelegenen Regionen Zyperns, aber hauptsächlich an den Südhängen des Troodos Gebirges. Der bekannteste Wein ist wohl Commandaria aus der Paphos Region, ein edler, süßer Tropfen, gemischt aus roten Mavro-Trauben und gelben Xynisteri-Trauben. Von den Kreuzrittern im zwölften Jahrhundert erstmals gekeltert, wird er vor allem in der Kirche beim Abendmahl verwendet und als Dessert-Wein aufgetischt.

Irgendwann in den 1990er-Jahren wurde die internationale Konkurrenz für Zypern zu groß, und die Weinbauern legten ihre Arbeit nieder. Die Weinberge verwilderten, die Esel verschwanden langsam von der Bildfläche, und die Weindörfer starben langsam aus. Der damalige Präsident Zyperns stellte Geld in Aussicht, um die arbeitslosen Weinbauern zu unterstützen. Nun pflügten Bulldozer durch die Rebhänge und zerstörten ganze Weinregionen. Es war lange Zeit ein trostloser Anblick, durch die Landschaft zu fahren mit ihren brachliegenden Hügeln, die einst so geschäftig und grün waren. Erst nach dem Beitritt Zyperns zur Europäischen Union im Jahr 2004 wurden Fördergelder zur Erhaltung und zum Wiederaufbau der Regionen zur Verfügung gestellt.

Neue, moderne Kellereien entstanden, neue Rebsorten wurden eingeführt. Das waren hauptsächlich Cabernet Sauvignon und Chardonnay. Sie wurden zusammengemischt mit den einheimischen Sorten. So entstanden neue Weinarten, die auf den internationalen Märkten sehr gut ankamen. Ein Besuch in den neu belebten Weinregionen lohnt sich, denn der Gast bekommt sowohl Einblick in die moderne Weinkultur als auch in die traditionelle. Er stößt auf Überbleibsel früherer Zeiten, die zum Teil aufbewahrt und nun wieder ausgegraben wurden.

Weniger bekannt ist der Johannisbrotbaum. Knorrig, immergrün und dicht belaubt wächst er von Meereshöhe bis ins Mittelgebirge. Aus unserer Region ist er nicht wegzudenken. Das typische Bild eines alten Johannisbrotbaums inmitten eines im Wind wogenden Weizenfeld ist allgegenwärtig. Früher wurde das Johannisbrot, oder Carob, das schwarze Gold genannt. Seine schwarzen Früchte werden ab September geerntet. Die Landschaft füllt sich dann mit Bauern, die mit langen Bambusstöcken die schwarzen bohnenähnlichen Schoten vom Baum schlagen. Der Ertrag wird heutzutage fast nur noch als Tierfutter verwendet. Meine Pferde sind sehr dankbar dafür, das ist nämlich ihr Lieblingssnack!

Ja, früher war Carob das Hauptexportprodukt Zyperns. Es war auch die größte Einnahmequelle. Bis in die 1960er-Jahre wurden auf der Insel etwa 62.000 Tonnen davon geerntet, und das meiste davon exportiert. Die braunen Samen im Innern sind klein, rund und extrem hart (selbst die Pferde spucken sie aus). Interessanterweise sind alle Samen genau gleich schwer. Nicht nur in Zypern benutzten Juweliere die Carobkerne als Maß, um die Karate festzulegen. Diese Samen also werden noch heute zu Pulver gemahlen und unter der Bezeichnung E 410 als Bindemittel in Babynahrung, Eiscreme und Ähnlichem verwendet. Gut zu wissen, dass wenigstens eins der vielen E-Produkte, die als Inhaltsstoffe in so vielen Nahrungsmitteln angegeben sind, natürlichen Ursprungs ist.

Weitaus schmackhafter aber sind die Carobprodukte, die durch ihre Süße unverkennbar sind. Der Sirup hat einen einzigartigen Geschmack. Unsere Kinder lieben ihn mit *Anari*, einem Ricotta ähnlichen Frischkäse gemischt zum Frühstück. Oder *Pastellaki*, das aus Sesamsamen, Erdnüssen und Carobsirup zu einer Art Riegel gepresst wird. Das ist so viel gesünder als Schokolade, da es kalorienärmer ist und zudem einen niedrigen Proteingehalt aufweist. Das lustige am Johannisbrotbaum ist, dass er ziemlich bald nach der Ernte bereits wieder blüht. Ab Ende September sieht man die winzig kleinen, intensiv riechenden Blütenschötchen üppig am Baum hängen, zum Teil noch zusammen mit den vergessenen Carobs. Ihr Duft ist eigentlich gar nicht betörend, sondern eher penetrant, damit die Bienen auch wirklich darauf aufmerksam werden und das Bestäuben im dichten Blätterdickicht nicht etwa vergessen.

Zu guter Letzt ist auch noch die Mandel eine weitere der sieben Früchte des Heiligen Landes. Wenn die Mandelbäume blühen, ist es Zeit, um unvergessliche Ausflüge in die Natur zu machen. Manchmal schon im Januar, aber sicher ab Februar sind die Mandelblüten die Hauptattraktion Zyperns. Mal weiß, mal rosa blühen sie in fast allen Regionen der Insel. Ganze Hügel und Täler sind dann blütengetupft, und der liebliche Duft betört beinahe die Sinne. In den höheren Regionen säumen sie die Weinberge und Straßenränder, wachsen inmitten von Feldern oder recken sich hinter Orangenbäumen hervor. Auch bei uns in Tochni und Kalavasos erfreut die Mandelblütenpracht jeden Wanderer. Aus den Mandeln selbst werden verschiedene Leckereien hergestellt.

Als Marzipan, im *Pastellaki*, kandiert oder gesalzen fehlen die Mandelprodukte in keinem Haushalt.

In der Kirche hat die Mandel eine große Bedeutung. Am Schönsten ist es, wenn zum Gedenktag eines lieben Verstorbenen das sogenannte *Kollifa* von den Familienangehörigen zubereitet wird. Dazu werden Weizenkörner gekocht, Mandeln und Sesamsamen blanchiert und mit Rosinen und Granatapfelkernen liebevoll dekoriert. So werden vor der Kirche nach dem Gedenkgottesdienst wahre Kunstwerke in großen Schalen ausgestellt. In kleine Papiersäcke abgefüllt bekommt jeder Kirchengänger dann eine Portion *Kollifa*, um sich zu stärken.

Bei Taufen und Hochzeiten werden ganze Mandeln mit Zuckerguss in kleine Spitzensäcklein verpackt und den Gästen geschenkt. Da frische Mandeln eher bitter sind, symbolisieren sie mit dem weißen Zuckerguss überzogen das Leben, das eher süß als bitter verlaufen möge.

Und was ist mit den Zitrusfrüchten? Werden sie in der Bibel auch erwähnt? Also, ich würde sie augenblicklich heiligsprechen. Allein die Vielfalt an Zitrusfrüchten ist göttlich! Bei uns zu Hause wachsen, wie fast überall auf der Insel, Mandarinen-, Zitronen- und Orangenbäume in verschieden Variationen. Die Sorte Valencia ist fast den ganzen Sommer über erhältlich. Die anderen bekannten Sorten sind Merley oder Jaffitika. Sie sind vor allem ab Dezember bis in den Mai hinein reif. Am allerschönsten ist es im Frühling, wenn die Zitrusbäume alle gleichzeitig blühen und reife Früchte tragen. Ein Gang durch unseren Orangenhain fühlt sich dann an wie ein Gang ins Spa zum Wellness. Der Blütenduft betört die Sinne, beruhigt den Geist. Die Bienen summen dazu von früh bis spät. Frischer Orangen- und Mandarinensaft begleitet unsere ganze Familie täglich. So etwas wie Vitaminmangel kennen wir nicht.

Im Dezember fange ich an und mache Mandarinenmarmelade. Dafür koche ich den Saft mit Zucker und Zitronensaft ein, bis er geliert. Orangenmarmelade mache ich aus den ganzen Früchten, selbst etwas Schale wird dazugegeben. Aus den Zitronen wird Limonade gemacht und die abgeschälte Zitronenzeste trockne ich, um daraus Tee und Gewürzmischungen zu machen.

Mein Tipp:
Zitronengewürzmischung selber machen

Meersalz mit getrockneten Zitronenzesten (im Verhältnis 1:10) in einer kleinen Mühle mahlen und, je nach Laune, noch etwas Pfefferkörner oder Kräuter dazu tun. Zusammen gemahlen ergibt das eine Würzmischung, wie sie in keinem Laden erhältlich ist. Der Duft in meiner Küche ist herrlich, und meine Laune erreicht schlagartig ein Maximum.

Schmeckt prima zu Fisch, Fleisch oder einfach über den Salat gestreut.

Himmlisch: Schäfchenwolken und Schafe

Brennende Vögel

Atemnot und dramatische Stunden

WIE WIR DURCH RAUCHSCHWADEN HINDURCH UNSERE TIERE, UNSEREN BESITZ UND UNS RETTETEN, FURCHTBARE ANBLICKE VERKRAFTEN MUSSTEN, UND SICH DANN DIE NATUR ERSTAUNLICH SCHNELL ERHOLTE. DAZU EIN WOHLTUENDER BLICK AUF UNSERE TRAUMHAFTEN JAHRESZEITEN.

An jenem Augusttag 2007, von dem ich jetzt erzähle, war der Rauch zunächst nur als kleine Säule gegen Westen zu sehen. Ohne große Sorgen machten wir uns an unser Tageswerk. Die Kinder mussten zur Schule, die Gäste in unseren Wohnungen wollten betreut werden, die Pferde waren bereits in der Früh gefüttert worden, es war scheinbar ein Tag wie jeder andere. Doch irgendwie zog es meinen Blick immer wieder nach Westen. Aus der Rauchsäule war inzwischen eine schwarze Wolke am Horizont geworden. Brandgeruch machte sich bemerkbar. Die Bewohner wurden langsam nervös. Das Feuer, so hieß es jetzt, breite sich immer weiter aus, der aufkommende Wind triebe es in unsere Richtung, es war bereits in Asgatha angekommen. Tatsächlich, es wurde schlimmer. Der Wind verwandelte sich in wilde Sturmböen. Ascheflocken fielen vereinzelt vom Himmel und bald war es allen klar, das Feuer kam direkt auf Kalavasos zu und zwar aus Westen und aus Norden.

Die Schule war aus. Schnell holte ich die Kinder nach

Hause. Besorgt überlegte ich mir einen Evakuierungsplan, die Kinder mussten zuerst in Sicherheit gebracht werden. Das Mittagessen konnten wir nicht zu Ende einnehmen, plötzlich stand Sofronis im Raum. „Schnell, schnell, es kommt immer näher", keuchte er, „es ist keine Zeit mehr zum Essen!" Mein Mann zog schier unendlich lange Wasserschläuche hinter sich her. So ruhig wie möglich packte ich die Kinder und Hunde ins Auto und fuhr los. In Panik erkannten wir, wie nahe das Feuer wirklich schon war. Nur noch rund 500 Meter trennten uns von der rauchenden Feuerwand. Ich nahm die Abkürzung über den Berg nach Tochni und ließ Kinder und Hunde einfach aussteigen. „Geht ins Office zu Angela, die kümmert sich um euch, behaltet die Hunde bei euch", kommandierte ich und machte sofort kehrt, wobei ich augenblicklich in die Rauchwolke Richtung Kalavasos eintauchte. Kaum auf der Bergkuppe angelangt, konnte ich vor mir nichts mehr erkennen. Das unter mir liegende Dorf war in schwarzen Rauch gehüllt. Häuser waren nicht mehr zu sehen, der Horizont war unter einer wabernden schwarzen Rauchdecke verschwunden. Ich trat das Gaspedal durch. Schlitternd fuhr ich die Straße nach Hause entlang. „Die Pferde", fuhr es mir durch den Kopf, „ich muss sie wegbringen!" Da war plötzlich die Straße gesperrt. Ein brennender Johannisbrotbaum lag quer über der Fahrbahn. Ein halbes Dutzend Feuerwehrmännern versuchten, ihn zur Seite zu schleppen. „Du kannst da nicht durch!", schrie einer der Männer, „kehr sofort um, es brennt alles!"

Da kannte der mich aber schlecht. Ich musste mein Haus und die Pferde retten! Mein Nissan Micra bäumte sich auf, ich das Gaspedal voll durchtrat und knapp am brennenden Baum und den schreienden Feuerwehrmännern vorbeiflitzte. Dichter Qualm drang ins Auto. Ich hustete verzweifelt und konnte kaum noch die Hand vor Augen sehen, doch ich raste einfach weiter, die Einfahrt von unserem Haus hinunter. Zu unserem großen Glück waren bereits etliche Retter vor Ort. Hastig lief ich in den Garten, packte die Schildkröten in einen Käfig und öffnete das Hühnertor. Hoffentlich konnten sich die Hühner und Kaninchen selber retten, ebenso die Katzen. Die konnte ich nämlich nicht einfangen. Die fremden Männer, die schweren Schritte und der Rauch hatten sie so erschreckt, dass sie nicht auffindbar waren. Eilig packte ich sämtliche Pässe und Fotoalben ins Auto neben den Schildkrötenkäfig und überließ das Haus dem Schicksal. Sollte es doch abbrennen, jetzt hieß es Leben zu retten.

Auf der Farm hatte ein gutmeinender Mensch alle Stalltüren aufgerissen, um die Pferde wie im Westernfilm freizulassen. Wie konnte er nur! Die wildgewordenen Pferde verfielen komplett in Panik und zwar nicht so sehr durch das Feuer, sondern durch die ungewohnte Freiheit und das Chaos rundherum. Sie stritten sich und galoppierten kopflos umher. Das war noch viel gefährlicher, als sie erstmal im Stall zu lassen und sich einen wirklich guten Plan zur Evakuierung zu überlegen. Ich trommelte ein paar freiwillige Helfer zusammen und gemeinsam gelang es uns, die hysterischen Tiere wieder einzufangen und beruhigend auf sie einredend in den Stall zu verfrachten. Nur den Schweinchen, die ahnungslos in ihrem Bett schliefen, öffnete ich das Tor. Ich musste sie ihrem Schicksal überlassen, wie hätten die denn bloß ins Auto gepasst?

Ich konzentrierte mich wieder auf die Pferde, die inzwischen wieder friedlich ihr Stroh mampften. Jedes trug ein Halfter und ich stellte ihnen einen Eimer Wasser hin, damit sie die Hitze aushielten. Inzwischen hatte ich mich entschieden, dass es wert war, alle Energie ins Löschen des Feuers zu legen, anstatt die fünfzehn Pferde in Panik hinauszuführen. Wir waren nicht genügend Leute. Wenn sie dem Feuer noch näherkämen und wirklich panisch würden, hätten wir keine Chance, pro Person vier bis fünf Tiere am Halfter zu kontrollieren. Wir hätten nicht nur sie, sondern auch uns in Lebensgefahr gebracht. Überhaupt schien nun auch die einzige Straße, die Richtung Dorf führte, blockiert. So kam eine Evakuierung sowieso nicht mehr in Frage. Wir mussten das Feuer unter Kontrolle bringen und vom Stall fernhalten.

Die Feuerwand rückte immer näher. Ich wusste bis dahin nicht, dass Feuer nicht bloß raschelt oder prasselt. Es schreit, es faucht und es dröhnt, dass es einem trotz der ansteigenden Hitze das Blut in den Adern gefrieren lässt. Es breitete sich immer mehr aus. Rund um die Farm konnte ich nur noch erkennen, wie die Hügel in Flammen standen. Einzelne Bäume explodierten förmlich. Es knallte und tobte in jede Himmelsrichtung. Brennende Tannenzapfen zischten wild und wurden gute 20 Meter weit katapultiert, während sie explodierten. Wo sie landeten, entfachten sie erneut Feuer. Es war zum Verzweifeln. Das Schlimmste waren die Vögel. Den Anblick werde ich nie vergessen: Die sich nicht retten konnten, fingen Feuer, flogen aber noch viele Meter mit brennendem Gefieder weiter, bis sie abstürzten.

Sofronis und die anderen Leute hatten inzwischen die langen Wasserschläuche am Hauptwasserhahn angeschlossen und rannten keuchend auf die Flammenwand zu. Der Wasserdruck war gering. Und dann das: Der Strom, um die Pumpe zu betreiben, fiel aus. Das Feuer hatte die Strommasten erreicht und sie wie brennende Zahnstocher umknicken lassen. „Wo bleiben denn die Helikopter?", fragte jemand verzweifelt. Sofronis schrie in sein Handy. Wie viele Notrufe er schon abgesetzt hatte, wusste er nicht mehr. Die Feuerwehrautos konnten nicht mehr über die Straße zu uns vordringen, wir waren eingekesselt!

Ich wollte mich nicht zu weit vom Stall entfernen, aber ich lief Sofronis hinterher. „Wie stehen die Chancen?", wollte ich von ihm wissen. „Wir kämpfen, bis die Flammen die Eukalyptusbäume packen. Erst dann geben wir auf, und dann rennen wir gemeinsam los. Gott sei Dank sind die Kinder in Sicherheit!", war seine Antwort. Die meisten Eukalyptusbäume waren den Flammen schon zum Opfer gefallen, aber ein kleines Wäldchen von etwa zehn Bäumen stand noch, knappe fünfzig Meter von der Farm entfernt. Wir mussten es schaffen! Ich sah ein, dass ich nicht stark genug war, um mit den Schläuchen zu helfen, sie wogen eine gefühlte Tonne. Ich rannte zurück zu den Pferden. Seltsam, die mampften immer noch friedlich vor sich hin. Außer den Qualm sich ausbreiten zu sehen, schien für sie nichts Ungewöhnliches zu geschehen. Fressen ging schließlich vor. „Wir schaffen das schon", sagte ich zu mir. „Das Feuer wird noch vor dem Wäldchen gelöscht!"

Die Flammen aber loderten weiter. Die immense Hitze trocknete unsere Kehlen aus. Wir banden uns Tücher und T-Shirts vor das Gesicht. Ich versammelte alle Helfer, die, wie ich, nicht an der Front löschen konnten, um mich und erteilte allen verschiedene Aufgaben. Tatenlos zuzuschauen war nämlich für alle schlimmer, als irgendetwas zu tun. Also delegierte ich: „Ann, du packst alle Sättel und Zaumzeuge auf den blauen Truck! Hillary, du nimmst den kleinen Wasserschlauch und benetzt die Ställe von außen. Aber keine Panik, die Pferden sollen ruhig bleiben! Brian und Kerry, ihr sorgt dafür, dass alle Leute Zugang zu Trinkwasser haben, die verdursten nämlich gleich!" Und so ging es weiter, bis wir plötzlich innehielten und aufhorchten. Da, war das nicht Motorgeknatter?

Die Helikopter erschienen uns wie die rettenden Engel! Drei Maschinen flogen tief heran, wirbelten den Rauch auf. An ihnen hingen riesige Wassersäcke, die sie im Stausee gefüllt hatten. Mit Megaphon schrien die Piloten zu uns herunter, wir sollten in Deckung gehen, sie würden die Wassersäcke gleich auskippen. Wir duckten uns an die Stallwand. Sofronis und seine Helfer rannten. Augenblicklich prasselten Wassermassen herunter und sofort erstickte weißer, dicker Rauch die Landschaft. Wir husteten und duckten uns vor der erneut aufflammenden Hitze weg. Noch ein Helikopter entlud das Wasser, und dann machten sie sich sofort wieder auf den Weg zum Stausee. Bange Minuten später waren sie knatternd wieder zur Stelle und löschten brennende Bäume und Felder von oben. Man konnte jetzt nichts mehr erkennen vor lauter Qualm. Wir rangen nach Luft. Bestimmt fünfmal kamen und entfernten sich die drei Helikopter, bis wir plötzlich merkten, wie die Hitze abnahm, der Lärm in sich zusammenfiel und wir nur noch das eigene schwere Keuchen wahrnahmen. Es war geschafft!

Fassungslos machten wir eine erste Bestandaufnahme. Bis auf beinahe fünfzig Meter rund um unser Haus und die Farm war alles verbrannt. Einzelne Bäume qualmten noch, ihre Stämme glühten und boten einen traurigen Anblick. Das ganze Tal, die Hügel ringsherum – alles war schwarz. Aber das Haus stand noch, die Pferde und anderen Tiere waren unversehrt. Wir lebten auch noch. Die Feuerwehrautos kamen jetzt durch und löschten die vereinzelten noch brennenden Bäume. Ich ging hinüber zum Haus. Die Hühner gackerten im Garten, sie genossen die Freiheit und waren gänzlich ahnungslos, was gerade geschehen war. Selbst die Kaninchen hoppelten zurück in ihr Gehege, ich fütterte sie mit Karotten. Die Gefahr war allerdings noch nicht ganz gebannt. Die

Bäume schwelten noch. Der Rauch hing überall. Käme jetzt Wind auf, das Feuer bräche sofort wieder los.

Inzwischen war es später Nachmittag. Ich beschloss, zu den Kindern nach Tochni zu fahren. Bestimmt machten sie sich Sorgen um ihre Eltern, Tiere und ihr Zuhause. Sofronis und ich vereinbarten, dass er alleine im Haus übernachtet und sich jede Stunde wecken ließe, um Ausschau zu halten. Ich würde die Nacht in Tochni in einer unserer Gästewohnungen verbringen, damit die Kinder in Sicherheit wären. Der Ausblick war trostlos. Auch rund ums Dorf Kalavasos waren alle Hügel abgebrannt. Was ich bisher noch nicht wusste: Die Dorfbewohner waren vom Zivilschutz evakuiert worden, sie hatten im Schulgebäude im Nachbardorf Zygi ausgeharrt und kehrten soeben mit Bussen zurück. Nur ein Haus am Dorfrand war komplett abgebrannt, zum Glück kamen die Bewohner mit dem Schrecken davon, verletzt war niemandem. Die äußersten Häuser hatten schwarze Wände, die Gärten waren den Flammen zum Opfer gefallen. Der ätzende Brandgeruch hing in der Luft. Alle mussten immer noch husten.

Was freuten sich unsere Kinder, als sie mich sahen. Wir alle waren überglücklich. Besorgt hatten sie den ganzen Nachmittag über die rotleuchtenden Hügel gestarrt und nicht gewusst, wie es uns ging. Ich konnte sie beruhigen, jetzt war alles gut!

Als die Nacht hereinbrach, wollte ich Sofronis etwas zu Essen bringen und wir machten uns gemeinsam auf den Weg. Es war der schrecklichste Anblick unseres Lebens. In der Dunkelheit sah die Landschaft fremd aus. Überall glühten Bäume, die Hügel waren gespickt von tausenden kleinen und größeren Lichtern, die in der schwarzen, mondlosen Nacht flackerten, als wäre hier eine Großstadt in Miniatur zu sehen. Die Stille war unheimlich, der Brandgeruch reizte die Atemwege noch immer. Wir aßen unser Nachtessen gemeinsam und verabschiedeten uns von Sofronis, der sich auf eine ungemütliche Nacht vorbereitete.

Es war unglaublich, wie viel Asche sich trotz der verschlossenen Fenster und Türen in unserem Haus verbreitet hatte. In den Schränken, Betten, in der Badewanne, überall lag eine dicke Schicht. Es roch nach abgestandenem Rauch und wir fingen am nächsten Tag an zu putzen. Fast sinnlos, durch die offenen Fenster wehten immer noch Ascheflocken und stinkender Staub. Mit bangem Herzen dachte ich, wie ewig lange es wohl dauern würde, bis die Natur sich wieder etwas erholen würde. Die zum Teil tausendjährigen Olivenbäume, die knorrigen Johannisbäume, die dichten Eukalyptuswälder, von den Büschen und dem Bambus ganz zu schweigen – es würde wohl sehr lange dauern. Das würden trostlose Ausritte werden mit meinen Reitgästen, ich würde wohl längere Touren machen müssen, um wieder etwas intakte Natur zu finden.

Doch es war wie ein Wunder. Das Flussbett, das unser wunderschönes Tal durchquerte, auch wenn es meistens trocken lag, war vor dem Feuer von üppigem Bambus gesäumt. Große Flächen hatten Vögeln, Hasen und Füchsen ein sicheres Zuhause geboten. Und nun, nur zwei Tage später, sprossen überall schon winzige, grüne Punkte. Das konnte doch nicht sein. Ich machte mich zu Fuß auf den Weg, um mich zu vergewissern. Vereinzelt glühten noch immer Baumstümpfe, die ich eilig mit Wasser aus dem Kanister übergoss, den ich bei mir hatte. Tatsächlich waren die kleinen grünen Punkte Bambuspflanzen, die nach so kurzer Zeit bereits nachwuchsen. In fünf Tagen stand der Bambus einen halben Meter hoch. Nach zehn Tagen war das Flussbett wieder üppig gesäumt davon, und die Vögel piepsten glücklich darin. Die

Eukalyptusbäume waren die nächsten. Auch da spross an den schwarzen Stämmen entlang frisches Laub, kräftig und wunderbar grün! Die traurigen Skelette von Bäumen wurden in wenigen Tagen wieder grün und gesund, ich konnte es kaum fassen.

Die Oliven- und Johannisbrotbäume brauchten etwas länger. Sie warteten geduldig auf den Regen, der im darauffolgenden Winter zum Glück reichlich fiel. Bereits im Februar wuchsen aus den verkohlten Baumstümpfen frische Sprösslinge. Auch die Büsche und Felder erstrahlten in neuem Grün. Nur die Fichten waren tot. In ihnen steckte kein Leben mehr. Das war auch der Grund, warum Zypern, die einst dicht bewaldete Insel, immer kahler wurde. Nur noch siebzehn Prozent sind mit Wald bedeckt, der Rest war über die Jahrhunderte durch Menschenhand und durch Feuer verloren gegangen.

Wir waren alle tief beeindruckt von der Kraft der Natur. Ehrfürchtig wanderten Sofronis und ich mit den Kindern an der Hand durch unser Tal, knappe sechs Monate nach der Feuerkatastrophe. Dabei hatten wir geglaubt, es würde Jahre dauern, bis die Bäume wieder stolz ihr Grün zeigten. Was das Feuer damals entfacht hatte? Das wusste man nicht genau. Es kann nur eine einzige brennende Zigarette sein, ein winziger Funken eines Generators oder sogar lediglich eine Glasscherbe, die im trockenen Gras liegt. Die Gefahr auf Zypern ist jeden Sommer riesengroß. Leider gibt es immer unbedachte, fahrlässige Menschen, die solche Feuer verursachen.

Es gibt keinen Sommer ohne Wildfeuer. Ob in den Feldern oder in den wertvollen Troodos-Bergen, irgendwo brennt es immer wieder. Die Feuerwehr hat überall auf der Insel verteilt Aussichtspunkte eingerichtet, um schon beim kleinsten Anzeichen von Rauch vor Ort zu sein. Der Sommer kommt meist schlagartig. Trägt man heute noch ein leichtes Jäckchen, findet man sich am nächsten Tag plötzlich im Badeanzug am Meer wieder. Es wird warm und wärmer, die Zugvögel machen sich davon in kühlere Gefilde, und die bunte und grüne Pracht der Natur verdorrt schnell in der aufkommenden Hitze. Die Strände füllen sich. Die lauen Abende locken Urlauber wie Zyprioten hinaus auf die Straßen. Immer wärmer wird es gegen Sommer, das Meer dient zur Erfrischung. Die Städte und Dörfer wirken über Mittag wie ausgestorben. Die Siesta ist wieder beliebt. Es regt sich einfach nichts zwischen eins und vier, nicht mal die Katzen bewegen sich. Die heiße Luft flirrt, kleine Fata Morganas tauchen über den Straßen auf. Die Menschen freuen sich über jedes Lüftchen, das etwas Abkühlung verspricht.

Allerdings: Die Pflanzen verdorren, Flüsse, falls überhaupt genügend Regen fiel, versanden. Braun und Beige herrschen vor. Das Getreide wird geerntet und viele versuchen, das wildwuchernde verdorrte Gestrüpp zu schneiden, die Wegränder freizubekommen und andere Feuergefahren zu entfernen.

Die Jahreszeiten in Zypern sind anders als in Mitteleuropa. Der Herbst kommt schleichend und breitet sich in der immer noch herrschenden Hitze langsam aus. Zwar verfärben sich die Wälder nicht so intensiv wie auf dem Kontinent, aber die Tage werden bald merklich kürzer. Die Nächte bringen kühlere Temperaturen zur Erleichterung. Die Trauben und Feigen sind jetzt reif, Granatäpfel leuchten knallrot an den Bäumen, und bei einem simplen Spaziergang durch die Natur, kann ich an jedem Wegrand Leckereien pflücken.

Der Winter hat meist zwei Gesichter. Oft fällt der langersehnte Regen nur spärlich, gerade genug um die Natur aufatmen zu lassen und die Vegetation anzukurbeln. Im Troodos Gebirge mit dem fast zweitausend Meter hohen Olymp fällt fast jedes Jahr Schnee. Während es in Meeresnähe zwanzig Grad warm werden kann, und die wenigen Gäste sich am Strand vergnügen, lässt sich in den Bergen Ski fahren. Es gibt sogar drei Skilifte, und die gut gepflegten Pisten füllen sich an den Wochenenden mit enthusiastischen Skifans und Snowboardfreaks. Der Touristenort Troodos hat dann Hochsaison. Bei strahlendem Sonnenschein die pulvrigen Pisten hinab zu sausen – was könnte es Schöneres geben? Die Bergstraßen ersticken im Verkehr, alle wollen den Schnee sehen. Die Restaurants und Cafés füllen sich rasch mit Gästen, es sind Zyprioten wie Urlauber. Dazu herrscht eine ausgelassene Stimmung wie in berühmten Skiorten der Schweiz. Nach dem Skifahren geht es auf Zypern aber ab ans Meer. Einfach die Skier in den Kofferraum packen, den Badeanzug hervor holen und in eine andere Welt mit Sonnenschein und angenehmer Wärme eintauchen. Auch in Kalavasos wird es manchmal richtig kalt, vor allem nachts. Zwar liegt es nur zehn Autominuten vom Meer entfernt, aber die Ausläufer des Troodos bringen einen kalten Wind ins Tal hinunter.

Das Frühjahr ist das Highlight Zyperns. Grün und Gelb sind die vorherrschenden Farben. Gras und Getreide wogen üppig im leichten Wind. Im Februar blühen schon die Mandelbäume weiß und rosa. Im März und April erfüllt der Duft der Orangen- und Mandarinenbäume, die gleichzeitig blühen und reife Früchte tragen, das Land. Orchideen, wilder Ginster und unzählige Wildblumen verzieren die Landschaft. Vielleicht regnet es auch noch ein paar Mal. Graue, regenverhangene Tage gibt es aber sehr selten, die Sonne dringt jeden Tag durch, wärmt die Erde und stärkt die Natur.

Überall zirpen und singen die Vögel. Die Bachstelzen ziehen weg und machen den Gebirgs- und Schafstelzen Platz. Rotkehlchen, Meisen, Grasmücken und Steinschmätzer bauen emsig ihre Nester. Die Bienenfresser, Paradiesvögeln gleich, schwirren laut rufend durch die Lüfte. Grün, orange und blau leuchtet ihr Gefieder, und ihre Schönheit wird vielleicht nur noch vom zitronengelben Pirol überboten, der sich in den Bäumen gut versteckt. Er ist an seinem flötenden Ruf zu erkennen. Die knallblaue Blauracke, krähengroß, stößt sich in ihrem Balzflug senkrecht Richtung Boden, der Häherkuckuck schäkert lauthals und fliegt in Paaren mit den Elstern um die Wette. Deren Nester sucht er sich dann auch als Wirt aus, legt frech seine Eier darin ab und sorgt so mühelos dafür, dass seinesgleichen eine glorreiche Zukunft hat.

Die schwarzen Dohlen mit ihren hellblauen Augen und dem weißen Nacken sind das ganze Jahr über präsent. Manchmal verdunkelt sich kurz der Himmel, wenn sie in riesigen Scharen durch die Luft segeln. Ihr Ruf *kjaa tjacktjack* hallt dann durchs Tal. Ihre Erscheinung ist irgendwie magisch, von ihren großen Schwärmen geht eine Energie aus, die ich am ganzen

Beste Jahreszeit? Immer!

Ich werde oft gefragt, welches denn die schönste Jahreszeit auf Zypern sei. Das ist schwierig zu beantworten, da alle ihren Reiz haben. Unternehmungslustige Gäste kommen eher im Frühjahr und Herbst, die Hitzebeständigen suchen sich im Sommer unsere kühlen Wohnungen in Tochni oder Kalavasos aus. Im Winter lassen sich Sonnenbaden und Skifahren kombinieren. Beide Dörfer liegen nur zehn Autominuten vom Meer entfernt. So kann man Strandurlaub und traditionelles Wohnen gut verbinden. Am besten erlebt jede und jeder die Insel zu jeder Jahreszeit einmal, um sich selbst einen Eindruck zu verschaffen.

Leib spüre. Und dann die Adler, sie nutzen die Thermik des Frühjahrs, um erhaben und hoch am Himmel zu gleiten, nur von den Nebelkrähen unterbrochen, die sich an ihre Flügel zu heften scheinen, um sie aus ihrem Revier zu verjagen.

Beinahe hätte ich die Schwalben vergessen, Rauch-Rötel- und Mehlschwalben, die ihre Nester an den unmöglichsten Orten bauen. Vorwitzig fliegen sie in den Häusern ein und aus, kleinen Akrobaten gleich zischen sie über die Dächer und durch offene Fenster ein und aus. Den Kleinen, die waghalsig und immer hungrig über den Rand des Nestes lugen, verzeiht man sogar die Sauerei, die sie am Boden hinterlassen.

Alles frisch!

Beim Physiotherapeuten

Dezente Musik, aber dann ...

WIE EINE ABSTRUSE MISCHUNG AUS RÄUCHERSTÄBCHEN, CHINESISCHER MUSIK, ZIEGENBOCKDUFT, KNARRENDER TÜR, BABYGESCHREI UND FUSSBALLGEPLAUDER MEIN RÜCKENLEIDEN LINDERTE.

Die jahrelange körperliche Arbeit machte sich eines Tages in meinem Rücken bemerkbar. Ich konnte mich kaum noch bewegen, geschweige denn, Sättel auf Pferde heben oder Ställe ausmisten. Ein Physiotherapeut war angesagt. Da der Mann meiner Schwester in der Schweiz eine Physiotherapiepraxis hat und ich schon mehrmals bei kleineren Beschwerden seine Hilfe aufgesucht hatte, freute ich mich so richtig, dass mir endlich bei einem hiesigen Therapeuten geholfen wurde. Ich machte also einen Termin ab im Nachbardorf Zygi, wo seit kurzem eine neue Physiotherapiepraxis eröffnet hatte. Wie angenehm, nur fünf Minuten von zu Hause entfernt!

Für den ersten Termin machte ich mich freudig, wenn auch schmerzgeplagt, auf den Weg. Die Praxis strahlte eine angenehme Atmosphäre aus, dezente chinesische Musik erklang lieblich im Hintergrund. Ich legte mich ächzend auf die Massageliege. Charalambos, der Therapeut, schien seine Arbeit zu verstehen. Bald überkam mich eine wohlige Müdigkeit. Die Ruhe, die Musik und der angenehme Duft feiner Räucherstäb-

165

chen wirkte bereits auf mich, als plötzlich die Türe aufflog und eine Stimme loslegte – hoch und alt. „Herr Doktor! Meine Beine wollen nicht mehr, Gott sei mein Zeuge! Die fallen mir noch ab!"

Charalambos, ganz professionell, huschte ins Vorzimmer und versuchte, die Patientin zu beruhigen. „Frau Koulla, schön, dass Sie da sind. Bitte legen Sie sich hierhin." Ich hatte die Frau noch nicht zu Gesicht bekommen, da mein Kopf unbequem im Kissen steckte und sich mein Rücken nicht drehen wollte. Sie hievte sich offenbar gequält auf die Liege. Ein lauter Schrei entfuhr ihr. *„Kyrie Eleison*, Herr Doktor, das Bett! Unbequem! Wie soll ich da liegen?" Meine Ruhe wich leichter Irritation. Wo war das Idyll von eben? Die Tür quietschte erneut in ihren Angeln. „Guten Morgen Allerseits! Ha, ist das schön kühl hier drin!" Die Stimme, männlich und gewiss auch älteren Semesters, war so laut, dass sie sogar für kurze Zeit Frau Koullas Stöhnen übertönt.

Ich entspannte mich erneut, versuchte, die neue Atmosphäre zu verinnerlichen und wartete auf den Therapeuten, der die neuen Patienten bequem platzierte und hoffentlich erst einmal warten ließ, um an mir weiter zu kneten. Irgendwann machte sich ein leichter Duft bemerkbar. Irgendwie vertraut und immer intensiver schlich sich der Geruch zu meiner Nase durch. Ziegen! Ja bestimmt. Es roch nach Ziegenstall. Sogar nach Bock! Ich kannte den Geruch zu gut, denn meinen Ziegenbock namens „Christian Dior" hatte ich seinerzeit verkauft, da ich seinen penetranten Geruch nicht mehr ausgehalten hatte.

Die Räucherstäbchen verloren augenblicklich ihren betörenden Anteil in der Raumluft gegen den dicken Bock-Duft. Die chinesische Musik versank hoffnungslos im Zimmerlärm. Frau Koulla und der neue Herr mit Ziegenbock waren in eine tonangebende Konversation vertieft. Beispiel: „Also, heuer steht der Weizen gar nicht gut!" „Was heißt da heuer? War's etwa letztes

Jahr besser? Gott ist mein Zeuge, da war's genauso schlecht."

„Ach, wenn's doch nur endlich regnen würde ..."

„Äh, würden Sie sich bitte hierhin legen, Herr Panayiotis, und, wenn ich bitten darf, könnten Sie etwas leiser sein?" Ah, endlich sprach der Therapeut Charalambos ein nettes Machtwort. Doch fast zeitgleich sprang die Tür mit einem lauten Knall auf. „*Kyrie Eleison*, das war jetzt aber schwer zu finden!", näselte eine Frauenstimme, „ich kann doch nicht gut gehen, und den Stock habe ich zu Hause gelassen. Herr Doktor, brauche ich den Stock denn noch?" Wieder verließ Charalambos meinen Rücken. Die Frau wurde auf ein Bett gehievt. Nur ein dünner Vorhang trennte mich von ihr, und durch einen Spalt erkannte ich die Frau des Metzgers. Aha, die hatte also auch Rückenweh. Ihr rasselnder Atem nahm mir jede Inspiration zum Entspannen und mit steifem Genick wartete ich darauf, dass sie entweder normal atmen würde oder von mir aus ganz damit aufhörte. Das konnte doch nicht sein! Die Physiopraxis wurde zum Coffeeshop umgewandelt, denn Frau Koulla hatte sich inzwischen erhoben und machte sich klappernd in der Kaffee-Ecke zu schaffen. Unglaublich!

Charalambos kam seufzend zu mir zurück. „Ich kümmere mich nur kurz um Herrn Elias ..." Der war vorhin mit einem neuen Türknall eingetreten. „Panayioti *mou*! Du bist auch da! Das ist schön, dann können wir ja plaudern, bis meine Frau fertig ist." Bei seiner Frau handelte es sich anscheinend um Frau Koulla, die eben mit der Faust auf die Kaffeemaschine eindrosch. „Bei meiner Maschine hilft auch immer nur Gewalt! Na bitte, jetzt geht's doch!", war von ihr zu hören. Brüllendes Lachen folgte aus der Ecke. Charalambos kam mit einer beschwichtigenden Miene hinter meinen Vorhang zurück und versicherte mir, dass ich in zehn Minuten fertig sei, er könne die Patienten einfach nicht dazu bringen, etwas leiser zu sein.

Ich ließ mir nichts anmerken und die noch immer lautstarke Konversation ging im Hintergrund weiter, aber ich hatte mich irgendwie daran gewöhnt.

Das Wartezimmer schien sich immer mehr zu füllen. Ein Baby quengelte und eine quietschende Stimme – die Oma? – versuchte, es mit geringem Erfolg zu beruhigen. „Maria *mou*", erklang eine andere Stimme, „du glaubst es nicht, weißt du, wer gestern bei mir eingekauft hat? Nein, du wirst es nie herausfinden, es war Andreas. Nein, nicht der von oben, der von unten, der mit dem feschen Auto, dem die Frau weggelaufen ist und der einen Sohn hat, der schielt. Jaja, der wollte gestern Zigaretten bei mir kaufen. Na, ich habe sie ihm wohl verkaufen müssen, was hätte ich denn tun sollen? Aber der, ich sage dir, Gott ist mein Zeuge, der kommt mir nicht mehr in meinen Laden." Leicht interessiert horchte ich auf. Werde ich jetzt Zeuge sämtlicher Tratschgeschichten der Region? Kannte ich den etwa? Oh nein, wurde ich jetzt etwa auch zum Tratschweib?

Ich entschloss mich, wieder in mein Kissen zu atmen. Charalambos drückte und zog noch immer an meinem Rücken und mein Hintern war halb entblößt. Zum Glück gab es ja die Vorhänge. Nur ungern würde ich meinen Allerwertesten Frau Koulla und Herr Panayiotis zeigen. Da wurde mein Vorhang zur Seite gezerrt. „*Charalambe* (bei direkter Anrede eines Names mit Endung auf -os wird zu -e), da bist du ja. Du, hast du schon gehört von unserer Niederlage?" Ich stöhnte auf. Fußball, das auch noch und dann noch neben meinem Hintern, der halb draußen war. Der Neue stützte sich auf meine (!) Liege und plärrte weiter: „Also, die zweite Halbzeit, die war ja wohl lausig. Den Schiedsrichter, den hätte ich am liebsten vom Feld geworfen!" Charalambos, sichtlich vom Fußballfieber angesteckt, ignorierte meine hilflosen Versuche, die Decke etwas über mich zu ziehen. Er drückte mir soeben die Daumen in meine Muskeln und referierte mit dem Neuen über das Ergebnis des Spiels (2:0). Meine Stimme, die ich nun zaghaft erhob, ging im Gezeter über den Ausgang des gestrigen Matches unter. Hilflos lag ich flach wie eine Flunder auf dem Bauch und konnte mich nicht rühren. Also wirklich, endlich kümmerte sich der Physio um meinen Rücken, wurde mir das vom Neuen auf meiner Pritsche wieder Zunichte gemacht. Statt angenehmer Massage wurde ich nun kräftig geknetet und gedrückt. Ich räusperte mich nun energisch, als der Vorhang wieder fiel und sowohl der Neue als auch Charalambos dahinter verschwanden. Das Fußballreferat, inzwischen von anderen Stimmen unterstützt, ging weiter. Die chinesische Musik hatte endgültig keine Chance mehr, die Räucherstäbchen waren abgebrannt, und der Ziegenbockduft hatte sich mit verschiedenen anderen Ausdünstungen ähnlicher Qualität vermischt.

Mühsam zog ich nun meine Decke bis zu den Schultern hoch und wartete, dass sich der Sturm um mich wieder legte. Frau Koulla hatte sich inzwischen den Mund am Kaffee verbrannt. Das Baby schrie wie am Spieß (warum auch immer). Herr Panayiotis empörte sich noch immer über Herrn Andreas mit dem feschen Schlitten. Es war zum Haareraufen. Ich beschloss, meiner Therapie ein Ende zu bereiten. Decke weg, Hosen ganz hoch und fertig war meine Behandlung.

Charalambos fand ich mit Kaffeetasse und Zigarette auf der Veranda. „Und, geht's dir besser?", hörte ich ihn fragen. Ich versicherte ihm, dass ich mich noch nie besser gefühlt hätte, bezahlte und floh auf die Straße! Aber was war das? Mein Rückenweh war weg. Tatsächlich! Konnte das sein? Ich streckte mich nach oben und nach unten. Weg! Fröhlich schwang ich mich in mein Auto und fuhr die staubige Straße hinunter.

Der idyllische See in Drapia

Von Bruno, Porgy und Bess

Lustige Geschichten aus unserem Tierleben

OB SPINNE ODER HÄNGEBAUCHSCHWEIN: BEI UNS SIND ALLE TIERE WILLKOMMEN. DAS IST MANCHMAL ANSTREN-GEND, ABER FÜR UNS TIERISCH SCHÖN. UND UNSERE GÄSTE LIEBEN DAS AUCH.

Eines frühen Morgens war sie einfach da. Die Spinne hatte ihr Netz zwischen zwei Orangenbäumen direkt vor unserem Hauseingang gewoben. Hatten wir gestern noch freien Durchgang, blieben wir heute mit unseren Nasen im klebrigen Netz stecken und schrien angeekelt auf. Melina, meine Tochter, lief als erste in die Falle. Ihre Haare hingen im Netz fest. Sie schrie auf: „Igitt, was ist das denn?!" Schnell mussten wir wieder ins Haus, um ihre Frisur zu richten. Dabei waren wir auf dem Weg zur Schule und eh schon spät dran.

Ich zupfte ihr Spinnweben aus den Stirnfransen und los ging's zur Schule, diesmal aber links vom Baum, um weitere Zusammenstöße mit dem riesigen Netz zu verhindern.

Am nächsten Morgen war die Spinne vergessen. Ungestüm stürzten die Kinder los auf dem Weg zur Schule. Nick, der Jüngste, hing als Erster im Spinnennetz. An seiner Nase klebten eklige Fäden, und er rieb sich im Bad schnell das Gesicht sauber. Wieder waren wir zu spät in der Schule. Die riesengroße, braune Spinne hatte unbeirrt ihr Netz wieder am selben Ort gesponnen und wieder wurde es ruiniert.

Am darauffolgenden Tag war unser Ältester, Andi, an der Reihe. Er ist etwas größer als seine Geschwister. Folglich legte sich das Netz um seinen Hals und er fuchtelte wild mit den Armen. „Nein, welch blöde Spinne! Die muss weg!", befand er. Dafür war aber keine Zeit, die Schule wartete nicht. Unsere Routine blieb in den folgenden Tagen gleich: Schultaschen gepackt, Haustüre auf, dann „oh nein, igitt!" und Gesicht abwaschen. Diesmal war ich das Opfer. Aber, Moment mal, hing etwa das Spinnennetz jeden Morgen etwas höher als am Vortag? Hatte die Spinne etwa gelernt, dass auf dieser Höhe ihr Netz ständig zerstört würde und demzufolge jede Nacht das Fadenkreuz höher gesponnen?

Wir beschlossen, uns das doch einmal genauer anzuschauen. Da saß sie, riesengroß und braun. Irgendwie eklig, aber irgendwie auch schön. Das war unsere einhellige Meinung. Die Kinder guckten ganz genau hin. „Mami, die hat kleine weiße Flecken wie Schneeflocken", stellte Melina fest. Nick holte sich einen Stuhl zu Hilfe, und Andy hielt vorsichtshalber mal einen Besen in der Hand, vielleicht war es ja eine Springspinne. Jedenfalls brauchte sie einen Namen. „Bruno", sagte Sofronis, „weil sie braun ist und ein Männchen."

„Woher willst du das denn wissen?", trafen ihn unsere Fragen.

„Na, so viel Ego hat nur ein Mann, das Netz so genau vor unserem Hauseingang auszubreiten ...", meinte mein Mann. Also hieß die Spinne Bruno.

Wir brachten es nicht übers Herz, sie zu beseitigen. Bruno legte nämlich echte Intelligenz an den Tag, indem er das Netz mit stoischer Ruhe neu wob, allerdings tatsächlich täglich etwas höher. Nachdem auch Sofronis eines Morgens das klebrige Netz in den Augenbrauen hatte, erhöhte Bruno seine Höhenvorgabe noch etwas. Künftig konnten wir alle locker unter seinem Kunstwerk hindurch gehen ohne hängenzubleiben. Ein Vorteil für alle Beteiligten.

Da wir nicht nur in der Natur wohnen, sondern auch mit ihr zusammen, fühlten wir uns nicht berechtigt, Brunos Wohnsitz zu verändern oder gar zu zerstören. Das ist Ehrensache. Außerdem hatten wir ja auch keinerlei Nachteile mehr. Wir klebten ja nicht mehr morgens fest. Bruno war so gescheit, dass er aus alten Fehlern gelernt hatte und erfolgreich seine Fliegen auf etwa zwei Metern Höhe fing.

Unsere Routine war wieder die Alte: Schultaschen packen, Haustür auf und losstürmen, aber neuerdings mit einem freundlichen „Tschüss, Bruno, bis später!"

Es gab weitere Tiere, von denen es lohnt zu erzählen. Zu unserer kleinen Farm gehörten nicht nur Bruno, ein paar Pferde, Katzen und Hunde. Per Zufall kam ich auch zu mehreren Hängebauchschweinchen. Das kam so: Ich war wieder einmal zu Besuch auf einer anderen Pferdefarm. Für meine schwergewichtigen Reiter brauchte ich ein starkes, dickes Pferd. Da hörte ich aus einem Stall ein seltsames Grunzen. Ich spähte in die dunkle Box und sah zwei kleine Schweinchen, die fast bis zum Hals im eigenen Mist standen. Sie blinzelten in den Lichtspalt, der durch die geöffnete Tür fiel und schubsten den leeren Wassereimer herum, aus dem schon Moos wuchs. Ich war entsetzt: die armen Tiere! Mit Schweinen hatte ich bisher noch nie etwas zu tun gehabt. Ich hatte auch nie geplant, welche zu besitzen, aber die beiden, rosa und schwarz, mussten mit mir heimkommen. Schnell war der Preis ausgehandelt (horrend, aber ich hatte nur noch Herz, keinen Verstand). Ich überlegte, wie ich die beiden in mein Auto bugsieren konnte.

Der Besitzer versicherte mir, sie seien bestimmt nicht schwer, schließlich seien es Minipigs. Die blieben so klein. Leichtgläubig, wie ich war, hievte ich die quiekenden Schweinchen auf den Hintersitz, worauf sie sofort ihren Gestank im ganzen Fahrzeug verbreiteten. Das war eine anstrengende Heimreise. Mein Kopf hing während der ganzen Fahrt aus dem offenen Fenster, denn ich brauchte frische Luft. Im Inneren des Autos herrschte ein unglaublicher Gestank. Als ich daheim die Autotür öffnete, sprangen mir die beiden wie fröhliche Hunde entgegen. Sie waren wirklich niedlich mit ihrem Ringelschwänzchen und den kurzen Nasen. Die Beine waren auch winzig und trugen einen kugelrunden borstigen Körper. Sie reichten mir beide knapp bis unter die Knie, so klein sollten sie also bleiben. Das hatte der Mann ja behauptet. Einen schönen Stall legte ich dick mit Stroh aus, leckeres Futter wartete im Eimer, nun fehlten nur noch die Namen. Da ich gerade inspiriert war durch das Hören der CD im Auto, auf der die Gershwin-Oper „Porgy and Bess" lief, hatte ich schnell zwei Namen parat.

Porgy und Bess lebten sich in kürzester Zeit ein, die beiden kleinen, süßen Tiere. Sie wurden gestreichelt, gekrault und mit gutem Futter verwöhnt, bis ich eines Tages feststellte, dass sie irgendwie sehr gewachsen waren. Sie hatten meine Kniehöhe locker überholt. Im Internet fand ich Bilder von Minischweinen, aber die sahen anders aus. Erst bei Hängebauchschweinen war eine gewisse Ähnlichkeit da, und da stand auch, dass die bis zu achtzig Kilogramm erreichen würden. Na toll, da hatte ich also zwei riesige vietnamesische Hängebauchschweine, die nicht nur schnell wuchsen, sondern sich ausschließlich der Produktion von Nachwuchs widmeten. Nach ein paar Monaten war Bess so dermaßen dick, dass ich um ihre Gesundheit fürchtete. Porgy kümmerte sich rührend um seine Frau. Sie schliefen Seite an Seite, wärmten sich gegenseitig. Es war so rührend, wie keines ohne den anderen einen Schritt vor die Tür setzte.

Eines Tages waren drei kleine Ferkel da, und sie waren die Attraktion für die Gäste von Cyprus Villages. Vor allem die Kinder konnten nicht genug kriegen von diesen drei Schweinchen, die sich voller Wonne im Schlamm wälzten und wie kleine Hunde miteinander spielten. Porgy grunzte beleidigt von nebenan, sicherheitshalber trennten wir ihn während der Besuchszeit von Bess und den Jungen. Er war uns nämlich nicht sehr freundlich gesonnen, denn er bewachte seine Familie.

Manchmal fand er, die Besuchszeit dauere zu lange, und fing an zu graben. Er schob ein kleines Loch unter der Stalltüre frei, grunzte herrisch, und – schwupps – rannten die drei kleinen Schweinchen durch den Paddock und schoben sich durch das Loch zu Papa. Wirklich, eine clevere Lösung für Porgy. Und den Blick, den er mir zuwarf, kann ich nur als triumphierend beschreiben.

Unsere drei Kinder waren auch begeistert von den Ferkeln und jedes durfte einen Namen aussuchen. Also hießen sie nun Pumba, Lilly und Junior. Die Kinder verbrachten viel Zeit mit ihnen. Als die drei Schweinchen etwas größer wurden, beschlossen wir, sie zu dressieren wie Hunde und kauften jedem ein Halsband. Jedes Kind spazierte stolz mit einem Schweinchen daher, aber da sie so schnell wuchsen, war es mir zu teuer, beinahe täglich neue Halsbänder zu kaufen, und so durften sie frei herumlaufen, was ihrer Mutter Bess eine kleine Pause bescherte. So wurden also unsere Besucher nicht nur von wedelnden Hunden auf der Farm begrüßt, sondern auch von einer kleinen Herde schlammverschmierter Schweine, was leider bei Damen mit nackten Beinen oder weißen Hosen nicht so gut ankam. Vor allem Lilly liebte es, sich eher aufdringlich gegen die Beine der Besucher zu lehnen. Bei inzwischen fast ausgewachsenen Schweinen landete auch so mancher Besucher auf dem Hosenboden ...

Inzwischen hatte ich die Jungen von Porgy und Bess getrennt, sie wohnten in angrenzenden Paddocks und führten ein glückliches Leben. Pumba wurde vom Schweinchen-Tierarzt kastriert, um Streit über den Zaun mit Papa zu vermeiden und auch um sicherzustellen, dass die Geschwister nicht noch mehr Nachwuchs produzierten. Porgy und Bess führten wieder ein gemütliches Leben, arbeiteten an der Zeugung weiterer Ferkel, und ich musste leider feststellen, dass ich beim besten Willen nicht endlos Schweine züchten konnte. Ich musste die beiden trennen, um dem Einhalt zu gebieten. So waren Mutter und Kinder in einem Paddock und der Vater gleich nebenan. Er durfte ja auch nicht seinem weiblichen Nachwuchs zu nahekommen. Nach kurzer Zeit allerdings waren Porgy und Bess so unglücklich, getrennt voneinander zu sein, dass sie aufhörten zu fressen und nur noch Nase an Nase durch den Zaun dalagen, völlig apathisch. Pumba, Lilly und Junior kümmerte das nicht, sie waren ja tagsüber draußen und beglückten die Besucher der Farm. Die Eltern allerdings litten offensichtlich unter der Trennung. Das durfte nicht sein! Ich kannte zwar die Konsequenzen, die beiden wieder zu vereinen, aber auf meiner Farm darf kein Tier leiden.

So öffnete ich die Tür. Porgy schritt majestätisch hindurch. Sie beschnupperten sich gegenseitig und legten sich sogleich Seite an Seite hin. Von da an trennten sie sich nie mehr als einen Meter voneinander. Sie schliefen, fraßen und spazierten gemeinsam. Alle waren glücklich – sogar wir, denn aus einem unerfindlichen Grund blieb eine neue Trächtigkeit aus. Warum, weiß ich nicht genau, aber ich vermute, dass bei der

Geburt etwas bei Bess schief gegangen war und sie nicht mehr trächtig werden konnte.

Jahrelang gehörten die Schweinchen ganz selbstverständlich zu unserem kleinen Zoo. Viele Kinder, die eigentlich zum Ponyreiten gekommen waren, wollten nur die Borstentiere streicheln. Das Pony schien ihnen plötzlich uninteressant. Ganze Busladungen von Kindern aus dem nahegelegenen Hotel kamen ausschließlich der Schweine wegen. Irgendwie machte ich sogar unerwartet ein ziemlich gutes Geschäft mit Lilly, Pumba und Junior, den drei „Kuschelschweinchen". So wurden sie im Kinderclub des Hotels inzwischen genannt.

Doch wie sollte das einmal enden? Der traurige Rest der Geschichte spielte sich so ab: Als das erste Schweinchen nach etlichen Jahren krank wurde, machte mir der Tierarzt klar: Es ist nicht mehr wirksam zu behandeln, Einschläfern sei das Beste für das Tier. Wir waren alle sehr traurig, doch es half nichts. Auch die anderen beiden erlitten das gleiche Schicksal. Auch Bess, das Muttertier, wurde eines Tages krank und musste von ihrem Leiden erlöst werden. Wir waren alle fassungslos. Da hatten wir von einer wuselnden, glücklichen Schweineherde nur noch einen Friedhof. Nur Porgy, ein inzwischen stattlicher Eber mit riesengroßen Hauern, lebte noch. Er hatte traurige Augen und oft schlechte Laune. Die zeigte er sogar mir gegenüber. Wenn ich ihn kraulen wollte, kam es vor, dass er plötzlich kühn aufsprang, und ich nur mit großer Not und einem Riesensatz über den Zaun flüchten konnte. Wann immer ich ihm frisches Stroh brachte, trampelte er es nieder und machte der duftenden Einstreu den Garaus. Auch der große Teddybär, den ihm meine Kinder als Trost schenkten, fand ein grausames Ende. Porgy tat uns allen leid. Allerdings fand ich beim besten Willen nirgends eine Hängebauch-Dame. Ich glaube, ich war darüber sogar noch unglücklicher als er selbst.

Eines Tages traf Porgy eine Entscheidung. Er grub ein Loch unter dem Zaun hindurch und ging auf Wanderschaft. Er marschierte unaufhaltsam durch die Landschaft, graste ein bisschen, knackte ein paar Schnecken und wälzte sich ausgiebig im Schlamm. Erst ein Anruf meiner Kilometer weit entfernten Nachbarin machte mich stutzig: „Hast du dein Schwein verloren?" Ich antwortete: „Hä? Welches Schwein? Meins ist im Stall." Dem widersprach die Nachbarin: „Ist es nicht, es frisst gerade mein Basilikum. Oh Gott, diese Zähne ..."

Wie von der Tarantel gestochen lief ich los. Unglaublich, dass Porgy diese ganze Strecke zurückgelegt hatte! Als ich in Kyria Loullas Garten ankam, stand er stolz da. An seinen Hauern hingen Blumen in allen Farben. Der Gartentisch lag umgekippt da. Mehrere Blumentöpfe waren zerbrochen. Kyria Loulla äugte um die Ecke, mit einer großen Schaufel bewaffnet und bleich im Gesicht. „Pack das Monster und verschwinde!", zischte sie mir zu. Erst, als ich Porgy hinter den Ohren kraulte und er sich wohlig hinschmiss, traute sie sich hervor und bot mir sogar einen Kaffee an. Dankend lehnte ich ab, bald würde es dunkel werden, und ich war mir nicht sicher, wie ich Porgy nach Hause bringen konnte. Huckepack ging nicht, an die Leine nehmen erst recht nicht, also lockte ich ihn mit einem Keks. Langsam und gemütlich machten wir uns gemeinsam auf den Heimweg. Die paar Autofahrer, die wir trafen, blieben alle stehen und starrten uns nach. Blöde Schinken-Kommentare blieben nicht aus.

Puh, war ich froh, Porgy wieder im Stall zu sehen. Nach einer Extraportion Futter legte er sich gemütlich ins Stroh. Von nun an war sein Inneres neu gepolt. Ich hatte ein anderes Schwein. Dank täglichem Auslauf wurde Porgy freundlich, aufgeschlossen und liebte es, mit uns zu kuscheln. Hin und wieder übte ich jedoch weiterhin einen spontanen Sprung über den Zaun, um für Notfälle wie früher in Übung zu bleiben.

Wir waren nun vor ihm sicher, aber für viele andere in unserer Umgebung war Porgy unberechenbar. Lief Porgy frei herum, erhielten wir etwa folgende Anrufe:

„Dein Schwein ist ein Teufel! Es attackiert meinen Pick-up!"

„Äh, ich würde gerne weiter spazieren, aber auf dem Baum fühle ich mich einfach sicherer, er schaut so böse ..."

„Du, das ist aber echt gefährlich, dein Schwein hält den ganzen Verkehr auf, das gibt noch einen Unfall ..."

„Ich hätte ihn dir ja gerne mit meinem Jeep zurückgebracht, aber er ließ sich nicht anbinden und aufheben schon gar nicht. Übrigens meine Hose kostete 20 Euro ..."

Zugegeben, auch ich machte einen Satz in die Luft, als ich zu Hause friedlich Staub saugte und mich plötzlich etwas Großes von hinten anstupste. Porgy fand offensichtlich Gefallen am Staubsauger und wollte ihn ... äh, also, ich hatte große Mühe, ihn davon abzuhalten. Porgy wieder aus dem Haus zu befördern, war nicht leicht. Inzwischen haben wir seine Freiheit im Griff. Meist bleibt er in der Nähe der Farm. Er hat sich sogar mit ein paar Pferden angefreundet. Er weiß genau, dass Montana ihm einen Tritt versetzt, wenn er ihm zu nahe kommt, legt sich aber vor Presto auf den Rücken, da er gern zärtlich beknabbert wird. Wenn die Pferde auf der Weide herum galoppieren, packt es ihn plötzlich auch und er flitzt ihnen hinterher. Wenn er friedlich grast und plötzlich die Hunde bellen, springt er mit gesträubten Nackenstoppeln auf und rennt ihnen hinterher, sehr zum Schrecken der Besucher. Die fanden es ganz offensichtlich schöner, als drei kleine süße Schweinchen gekrault werden wollten.

Von wegen immer nur Gyros!

Weil Liebe durch den Magen geht

Streifzüge durch die Küche – ein Hochgenuss

ALLE ZYPRIOTEN LIEBEN GUTES ESSEN. AUCH MEINE FAMILIE BESTEHT AUSNAHMSLOS AUS FEINSCHMECKERN, UND ICH HABE MICH MIT WILDEM SPARGEL, PILZEN UND KAPERNBUSCHTRIEBEN SEHR ANGEFREUNDET. MEIN LIEBLINGSGERICHT IST ABER LINSENEINTOPF.

Mein Mann Sofronis ist in einem Strandrestaurant aufgewachsen, und gutes Essen gehört zu seinem Leben wie das Atmen. Seine Mutter Melani war eine großartige Köchin. Schon in Kinderjahren hat sie ihn zum Kochen animiert. Mein Schwiegervater Andreas war Experte im Wildkräutersammeln. Frühmorgens schulterte er seinen Rucksack und machte sich auf in die Felder, um Stunden später vollbepackt mit natürlichen Vitaminbomben zurückzukehren. Je nach Jahreszeit hantierte Melani mit viel Geschick in der Küche und bereitete die wilden Köstlichkeiten für die ganze Familie zu.

Pilze wurden langsam gebraten und mit Rührei gemischt. Wilde Malve, *Moloches* genannt, und wilder Senf, also *Lapsanes*, ließ sie im Dampf garen, und wir aßen sie mit Zitronensaft und Olivenöl. Auch die Klatschnelke *Stroufouthgia* bereitete sie auf gleiche Weise zu. Am liebsten würzte Melani mit wildem Dill, der an jedem Wegesrand wuchert. Als Salat gab es dazu Portulak, *Glistiria* genannt, der ohne Wasser auszukommen scheint und ganze Felder besetzt. Im Frühjahr fand Andreas die jungen Triebe des Kapernbusches *Kapari*. Diese dornigen Zweige legte Melani dann in Essiglake ein und wenige Wochen später waren sie samt Dornen, mit denen man sich durchaus in die Zunge piksen konnte, essbereit. Die Kapern selber heißen hier *Koutrouvi* und werden im Frühsommer gepflückt. Aus ihnen entsteht die wohl schönste Blüte, die man sich nur vorstellen kann. Mitten im heißen Sommer blüht sie weiß und violett und verleiht den Feldern zur Trockenheit hübsche Farbtupfer.

Das absolute Highlight aber ist der wilde Spargel *Agrelia*. Er ist schwer zu finden. Andreas kletterte unermüdlich über Hügel und durch dichte Büsche, um die schwarzen oder grünen Triebe zu ernten. Wilder Spargel ist relativ bitter, aber auch hier machen ihn Zitronensaft und Olivenöl zum Gourmetgericht.

Als mein Schwiegervater Andreas vor ein paar Jahren starb, führte niemand diese Familientradition weiter. Hin und wieder fand ich auf meinen Spaziergängen *Agrelia*, die ich dann wehmütig mit meiner Schwiegermutter teilte. Inzwischen sind viele der Wege, deren Ränder so üppig bewachsen waren, asphaltiert. Pestizide und Monokulturen haben leider auch in Zypern Einzug gehalten und um sich das wilde Mittagessen zu pflücken, muss man wirklich weit abseits der Zivilisation auf die Suche gehen. Die wenigsten Menschen wissen heutzutage noch, dass fast alles „Unkraut" essbar ist. Manch einer sprüht Gift, damit der schöne Rasen im Garten gedeiht. Er ahnt nicht einmal, was er an wunderbaren Kräutern zerstört und somit nie kennenlernt.

Zu Melanis Spezialitäten gehörten nicht nur *Moussaka* oder *Stifado*, auch weniger bekannte Gerichte begeisterten mich. Da war zum Beispiel ein Linseneintopf, bei dem ich ihr mehr als einmal gerne über die Schulter geguckt habe.

Wenn ich eigene Artischocken ernte, muss ich immer ein bisschen schmunzeln, da die Zubereitungsarten in der Schweiz und in Zypern doch sehr verschieden sind. In der Schweiz gelten sie als außergewöhnlich, und man kocht sie ganz im Salzwasser. Dann isst man nur den unteren, weichen

Mein Lieblingsgericht: Linseneintopf à la Melani
(für vier Personen)

- Ein Glas braune Linsen etwa 30 Minuten in viel Wasser kochen.
- Nach einer halben Stunde, wenn die Linsen fast gar sind, schütte ich das Wasser weg.
- Sechs Artischockenherzen kleinschneiden und in Zitronenwasser einlegen, so werden sie nicht braun.
- In der Zwischenzeit zwei große Zwiebeln in reichlich Olivenöl anbraten.
- Vier Knoblauchzehen und zwei geriebene Tomaten hinzufügen.
- Die kleingeschnittenen Artischocken (ohne Zitronenwasser) und ½ Glas Orzo (kleine Pastakörner, ähnlich wie Reis, ersatzweise ½ Glas gewöhnlichen Reis) dazu geben.
- Mit reichlich Wasser angießen, mit Salz und Pfeffer würzen.
- Nach etwa einer halben Stunde mit frischem Koriander abschmecken.
- Dazu passt frischer Ziegenjoghurt ganz ausgezeichnet.

Teil der Blätter und arbeitet sich durch dichtes Heu bis zum Herzen vor, das dann eher geschmacklos und fade ist. Es wird in irgendeine Vinaigrette getaucht. Bei uns dagegen wird auch der Stiel verwendet, die Blätter der Artischocke werden ignoriert, und die Köchin schält in mühsamer Arbeit das Herz heraus. Das wird dann, wie oben im Rezept, mit dem Stiel im Eintopf gekocht, oder in Stücke geschnitten und in Olivenöl gebraten, dann mit Zitrone und Salz gewürzt. Oder ich schlage ein paar Eier über die fertig gebratenen Artischockenherzen und wende alles sehr vorsichtig, bis die Eier gar sind. Lecker!

Wenn ich eigene Tomaten habe, ist die Zeit gekommen, um die Lieblingsspeise meiner Famile zu kochen: *Bamies*. Einige nennen sie auch *Okra* oder *Ladyfingers*. Obwohl sie aussehen wie Bohnen, sind es eigentlich lange, fünfeckige Schoten. Wird der Stiel abgeschnitten, kommt eine schleimige Substanz zum Vorschein, die aber verschwindet, wenn die *Bamies* vor dem Kochen für eine Weile in Essigwasser gelegt werden.

So sehr ich das Essen in der Schweiz liebe und schätze, freue ich mich hier in Zypern über das riesige Angebot an frischen einheimischen Früchten und Gemüse. Natürlich sind seit einiger Zeit auch hier importierte, exotische Waren im Angebot. Wir bevorzugen allerdings, was lokal gerade Saison hat. Die zypriotische Sonne lässt alles natürlich und kräftig heranreifen, und in den kleinen Supermärkten im Dorf kann ich auch weiterhin sicher sein, dass keine Chemie auf Feld und Pflanzen gespritzt wurde.

Und wie beginnt der Tag kulinarisch? Oliven, *Halloumi*, Tomaten und frisches, selbstgebackenes Brot gibt's zum Frühstück. Das hält eine Zeit vor, so lässt sich bestens arbeiten, ganz ohne knurrenden Magen. Zum Mittagessen gibt es in der Regel *Ospria*, das sind Hülsenfrüchte verschiedener Art. Da empfehle ich *Louvi,* also Schwarzaugenbohnen, entweder frisch mit Kürbisgemüse gekocht und mit Olivenöl und Zwiebeln angerichtet. Getrocknet sind sie auch lecker, mit Krautstielen gekocht. Dazu serviere ich Salat aus Lattich, Gurken, Tomaten und wieder Olivenöl.

Wie wäre es mit *Fasolia?* Das sind weiße Bohnen mit Kartoffeln und Karotten gekocht, natürlich wieder mit Olivenöl. Allerdings muss ich gestehen, dass meine Kinder Rösti mit Spiegeleiern lieber mögen als Bohnen.

Es gibt Linseneintopf mit Reis, Kichererbsen mit Tomatensauce oder irgendwelche andere Hülsenfrüchte, deren deutsche Namen ich bis heute nicht kenne. Fleisch zum Mittagessen ist wochentags eher selten.

Zur Nachspeise gibt es an heißen Sommertagen nichts Besseres als eisgekühlte Wassermelonen. Das ist die Erfrischung bei mehr als 40 Grad Mittagshitze überhaupt.

Ach so, ich hatte den *Halloumi* erwähnt. Wir organisieren Ausflüge zur Ziegenfarm für unsere Gäste, wo sie erleben können, wie der berühmte Käse hergestellt wird. Bis vor Kurzem hielten wir auf Evlambias Ziegenfarm in Kalavasos an. Sie nahm mir den Amoklauf meiner Pferde vor ein paar Jahren zum Glück nicht übel, sondern hieß uns jederzeit mit einem fröhlichen *Kopiaste* willkommen. Der Bus spuckte dann die Gäste mitsamt Kameras, Sonnenhüten und Wanderstöcken aus, und wir begannen immer erst mit einer Führung durch ihre ganze Farm. Unsere Gäste bewunderten die hochschwangeren Ziegen, die stattlichen Böcke und die herzigen Zicklein, die alle ein artgerechtes, gesundes Leben führen durften. Gackernde Hühner und bunte Katzen gehörten dazu und nach einem Rundgang fing die Demonstration zur *Halloumi*-Herstellung an. Ich übersetzte die ganze Prozedur auf Englisch oder auf Deutsch.

So, nun weiter mit unserer Esstradition. Am Sonntag geht man aus. Das hat Tradition. Den wichtigsten Tag der Woche verbringt man auf jeden Fall mit der ganzen, großen Familie. Und da wird gegessen! Ob Fisch oder Fleisch, Hauptsache viel davon. Am beliebtesten ist wahrscheinlich *Souvla*. Das ist die Steigerung von *Souvlaki*, wie sie die meisten Gäste in ihren Heimatländern kennen. Große Fleischstücke vom Lamm oder Huhn, langsam auf dem Grill gebraten, bilden diesen

Halloumi und Anari à la Evlambia

Evlambia rührt mit einem langen Holzstecken im Riesentopf, wo die Molke bereits warm wird. Dann fügt sie das Lab dazu, ein Gemisch von Enzymen, die die Milch andicken. Nach etwa einer dreiviertel Stunde zerteilt sie die so entstandene Käseschicht behutsam und schöpft sie mit einem Sieb ab. Danach wird der Käse in mit Mulltüchern ausgelegten Gittern abgefüllt und mit großen Steinen beschwert, damit die austretende Flüssigkeit wieder zurück in den großen Topf rinnen kann. Bald schneidet sie die Masse in gleichmäßig große Stücke und lässt sie noch einmal in der Molke kurz kochen. Mit Salz und Minze gewürzt, reicht sie den Gästen schließlich mit einem stolzen Lächeln den frischen *Halloumi*-Käse zum Kosten. Die sind begeistert. Der *Halloumi* schmeckt wirklich sehr gut, und beim Kauen quietscht er zwischen den Zähnen. Die Molke wird anschließend weiter verwendet zur Gewinnung von *Anari*, einer Art Hüttenkäse. Der wird frisch mit Johannisbrot-Sirup oder Honig gegessen. Auch als Raviolifüllung oder für Süßigkeiten ist *Anari* geeignet.

Schmaus. Genauso beliebt ist frischer Fisch. Die richtig guten Strandrestaurants sind berühmt für fangfrischen Fisch. Da werden Seebrassen, Barsche und Meeräsche gegrillt und mit Olivenöl und Petersilie gewürzt. Kleine fangfrische Rotbarsche sind die exklusivsten, teuersten Fische. Sie werden in Öl frittiert und sind sensationell lecker. Nur Experten, wie mein Mann Sofronis, können frisch gefangenen Fisch von jenem aus den lokalen Fischzuchten unterscheiden. Für mich sind beide sensationell lecker.

Die richtig guten Tavernen kennen nur Insider. Die angeblich zypriotische Kost in touristischen Restaurants ist eher nicht zu empfehlen. Keiner in Agia Napa wird jemals wirklich echtes, zypriotisches Essen genießen. Pommes und *Souvlaki* ist das Maximum, das ein Gast in kommerziellen Tavernen in der Stadt serviert bekommt. Dafür stehen Hamburger und Fast Food auf jeder touristischen Speisekarte – leider.

Das Essen auf Zypern war bis vor ein paar Jahren relativ stark von der Kirche geprägt. 50 Tage vor Ostern, 40 Tage vor Weihnachten und 15 Tage vor dem Tod der Gottesmutter am 15. August wird gefastet. Fleisch und Milchprodukte sind dann Tabu. Nur in einigen Ausnahmen erlaubt der Pfarrer alten oder kranken Menschen, Milch zu trinken. Sex an diesen Tagen wäre eine Riesensünde. Da auch vor allen anderen Besuchen der Kirche körperliche Nähe streng verboten ist und sich somit die abstinenten Tage häufen, war in jener Zeit eine andere Form von Empfängnisverhütung fast nicht mehr notwendig.

Aber auch an den übrigen Tagen herrscht die Kirche über die Ernährung der meisten Zyprioten. Am Mittwoch und am Freitag gibt es kein Olivenöl und keine tierischen Produkte. Wer Namenstag hat, backt sich ein großes rundes Sauerteigbrot. Dem wird dann ein kunstvoller, religiös gewichtiger

Stempel aufgedrückt. Dann bringen die Familien es in die Kirche und werden vom Pfarrer mitsamt dem Brot gesegnet. Dabei gibt es unter den Frauen manchmal schon fast eine Art Wettkampf. Wer hat das schönste Brot? Und wer ist so faul und kauft sich das Brot bloß in der Bäckerei? Da wird schon ganz genau hingeschaut. Der Kirchenkalender bestimmte also den Essensplan. Da war es für die Hausfrau am einfachsten, Hülsenfrüchte, also *Ospria*, zu kochen. Die standen somit mehrmals pro Woche auf dem Tisch. Doch die enge Verbindung von Kirche und Küche hat sich gelöst. Damit ist sicher ein Stück Kultur verloren gegangen, aber wir haben so auch Freiheiten dazugewonnen. Der liebe Gott schaut einem nicht mehr in den Kochtopf oder in den Backofen. Vieles wird nun auch bei uns nicht mehr so heiß gegessen, wie es gekocht wurde!

Das Lieblingsrezept meiner Familie: Bamies

- *Bamies* vor dem Kochen für eine Weile in Essigwasser eingelegen.
- Frische, reife Tomaten mit einer groben Käsereibe zerkleinern und die Schale wegwerfen (die ist nämlich schwer verdaulich).
- Mindestens zwei Zwiebeln andünsten und die eingelegten *Bamies* hinzugeben.
- Die zerkleinerten Tomaten zu den *Bamies* in den Topf geben, zusammen mit einer Prise Zucker, Salz und Pfeffer.
- Je nach Geschmack einen Würfel Gemüsebrühe hinzugeben, dann wird das Gericht herzhafter.
- Alles auf kleiner Hitze für etwa eine halbe Stunde köcheln.
- Mit frischem Weißbrot und Salat genießen. Vorzüglich schmeckt hierzu unser selbst angebauter *Portulak*, der mit Olivenöl, Zitronensaft und reichlich Salz bestens zu den *Bamies* passt.

Glossar

Kalimera kennen Sie vermutlich schon. Aber hätten Sie gewusst, dass Nashorn auf zypriotisch „Rhinozeros" heißt? Und „Demokratie" Herrschaft des Volkes? Hier finden Sie ein paar Wörter, mit denen Sie bei jedem und jeder auf Zypern punkten.

Achriste:	Unfähiger (direkte Anrede)
Achristos:	Unfähig
Agrelia:	Wilder Spargel
Amigdala:	Mandeln
Anari:	Frischkäse, ähnlich wie Ricotta
Avrio:	Morgen (oder irgendwann)
Bamies:	Okra, eine Art Schoten
Cheri oder Cheir:	Hand
Chirourgos:	Chirurg
Chreiazoume keinourio	
Profilaktira:	Ich brauche eine neue Stoßstange
Christos Anesti:	Christus ist auferstanden
Christoujenna:	Weihnachten
Demokratie:	Herrschaft des Volkes
Demos:	Volk
doxa:	Glaube, Ansicht
Dyo lepta:	Zwei Minuten
Efcharisto:	Danke
Elia:	Olive
Eliolado:	Olivenöl
Ena lepto:	Eine Minute
Entaxi:	Ok oder „Alles klar?"
Esperino:	Abendgottesdienst
Exei polla Kounoupia	
simmera:	Heute gibt es viele Mücken

Fakes:	Linsen
Finikia:	Datteln
Glistiria:	Portulak
Glyko:	In Zucker eingelegte Früchte
Halloumi:	Traditioneller Käse
Helikopteros:	Helikopter
Idiotis:	Privat, Privatmann
Ilingos:	Schwindel (hier eher „Drehen")
Jassas:	Hallo (Mehrzahl)
Jassou:	Hallo (Einzahl)
Kalimera:	Guten Tag
Kalinichta:	Gute Nacht
Kalispera:	Guten Abend
Kapari:	In Essig eingelegter Kapernbusch
Katholisch:	Allumfassend
Kollifa:	Weizen, Mandel und Sesammischung
Kopiaste:	Seid herzlich willkommen und setzt euch zu uns.
Kounoupidia:	Blumenkohl
Koutrouvi:	Kapern
Krasi:	Wein
Kratia:	Herrschaft, Macht
Kreas:	Fleisch
Kyrie Eleison:	Herr, erbarme Dich
Kyria:	Frau
Kyrios:	Herr
Louvi:	Schwarzaugenbohnen
Moloches:	Wilde Malve
O Theos makarisi tin/ton:	Gott segne sie/ihn
Ornitha oder Kotopoulo:	Huhn
ortho:	Richtig

Orthodox:	Mit der richtigen Meinung
Ospria:	Verschiedene Hülsenfrüchte
Panaja mou:	Mutter Gottes
Panajamou kai Christos:	Mutter Gottes und Christus
Parakalo:	Bitte
Pascha:	Ostern
Pastellaki:	Riegel aus Honig und Nüssen
Patates sto Fourno:	Ofenkartoffeln
Profilaktiko:	Kondom
Psari:	Fisch
Ptero:	Flügel
Rhinozeros:	Nashorn
Rodi:	Granatapfel
Simera kano ornitha:	Heute mache ich Huhn
Souvla:	Riesenfleischstücke am großen Spieß
Souvlaki:	Kleine Fleischstücke am kleinen Spieß
Stafilia:	Trauben
Stifado:	Rindfleisch-Eintopf mit Zwiebeln
Stin Jammas:	Auf unsere Gesundheit, Prost!
Sto Kalo:	Macht´s gut!
Stroufouthkia:	Klatschnelke
Syka:	Feigen
Teratsi:	Johannisbrot
Vraka:	Traditionelle schwarze Pluderhose
Zivania:	Traubentrester

**Viele der Ausdrücke sind zypriotisch –
und nicht griechisch!**

Blicke zurück und nach vorn

Mit Geduld, Galgenhumor und Gelassenheit

Zypern ist die wohl vielfältigste Insel des Mittelmeers. Sie zwar schon seit jeher weitreichenden Einflüssen ausgesetzt. Das härtet ab. Ein paar Beispiele: Die ersten Sammler und Jäger im Neolithikum tauchten hier vor 10.000 Jahren auf. Die Apostel Paul und Barnabas brachten im Jahr 46 das Christentum nach Zypern. Später kamen die Kreuzritter mit Richard Löwenherz an der Spitze, der Zypern an Guido Lusignan verkaufte. Dann aber auch: die Engländer. Sie übernahmen die Insel 1878 von den Türken. Sie alle hinterließen markante Spuren, von denen die zypriotische Bevölkerung über die Jahrtausende geprägt wurden. Die tiefste, heute noch sichtbare Spur stammt wohl von den Türken, und die ist frisch, von 1974. Um eine Vereinigung Zyperns mit Griechenland zu verhindern, intervenierte die Türkei mit einer Invasion und darauffolgender Besetzung von einem Drittel der Insel im Norden. Fast 200.000 griechische Zyprioten wurden damals zu Flüchtlingen, und einige lebten bis zu zehn Jahren in provisorischen Zeltlagern. Sie hatten alles verloren, aber die Hoffnung bleibt. Viele glauben noch immer an eine faire Lösung des Konflikts, der die zweite oder gar dritte Generation wieder „nach Hause" bringen wird. Die geteilte Hauptstadt Nikosia mit Grenzposten ist für Touristen eher ein Kuriosum und leicht passierbar, aber für die Einheimischen eine riesige Verletzung. All diese verschiedenen Einflüsse haben die Kultur, die Lebensart und die Traditionen der Menschen geprägt. Sie haben Charaktere hervorgebracht, wie sie nur auf dieser Insel zu finden sind. Nichts, keine der unzähligen Katastrophen oder Schicksale, die sich hier abgespielt haben und es noch immer tun, konnte die echten Zyprioten je in die Knie zwingen. Geduld, eine Portion Galgenhumor und stoische Gelassenheit zeichnen das Volk aus.

Eine Invasion ganz anderer Art ist der wachsende Tourismus, der zum Beispiel das kleine Fischerdorf Agia Napa innerhalb weniger Jahre in eine Touristenhochburg verwandelte und die Städte Limassol, Larnaka und Paphos wachsen ließ. Dann sind es hauptsächlich Engländer, die sich aufgrund der kolonialen Vergangenheit und der britischen Militärstützpunkte in Akrotiri und Dhekelia hier sehr heimisch fühlen. Immer zahlreicher werden auch Geschäftsleute oder sonnenhungrige Feriengäste aus weiten Teilen Russlands. Sie bevölkern die Städte und Strände Zyperns. So ist ein multikultureller Mix entstanden. An sich ganz schön, aber der typische Charakter verschwindet immer mehr.

Viel Geld fließt in die Städte – und das hat seinen Grund: Wer zwei Millionen Euro in Immobilien oder zweieinhalb Millionen Euro in zyprische Unternehmen oder Staatsanleihen investiert, kann sogar einen zypriotischen Pass beantragen – und kann sich so in ganz Europa niederlassen. Sprachanforderungen müssen nicht erfüllt werden. Wer den Zugang erhalten möchte, muss sich nur einmal in sieben Jahren in Zypern aufhalten. Insgesamt soll Zypern seit 2013 mit dem Programm mehr als vier Milliarden Euro eingenommen haben. Aber die Dörfer im Hinterland werden für Zyprioten immer uninteressanter. Die jungen Leute wandern aus in die Städte, wo es noch freie Arbeitsstellen gibt. Die Dörfer leeren sich. Das Bild von alten Männern, die vor einem Coffeeshop sitzen, ist nicht mehr als ein Klischee alter Tage.

Zum Glück gibt es Visionäre wie meinen Mann, der zwei verschlafene kleine Dörfchen aufweckte und den sanften Tourismus ankurbelte. Die Gästezahl bleibt bewusst begrenzt, die Dörfer behalten ihre authentische Lebensart und im Coffeshop mischt sich die zypriotische Kultur harmonisch mit der fremden Lebensweise. Freundschaften entstehen, die über Jahre hinweg andauern, und so mancher Gast kehrt immer wieder hierher zurück – oft auch als Freund.

Und so sitze ich friedlich unter Männern im Coffeeshop, schlürfe meinen schwarzen Kaffee, den ich am liebsten *metrio*, also halbsüß, trinke und sinniere über das Leben in Kalavasos. Aber weit komme ich dabei nicht. „*Kopiase!*", höre ich (für alle, die mitlernen wollen: Es ist das gleiche wie *Kopiaste*, aber in Einzelform). Kyrios Andreas, diesmal ohne seinen Traktor, winkt mir mit einem kleinen Gläschen *Zivania* zu. Ein Blick auf die Uhr in meinem Handy versichert mir, dass es für ein Schlückchen nie zu früh sein kann. Ich setze mich zu ihm. Wir stoßen auf die vergangenen und noch kommenden Zeiten an. *Jammas*!

Marisa Potamitis kam 1988 mit ihrer Schwester mehr aus Zufall nach Zypern, was damals noch kein großes Reiseziel war. Die junge Schweizerin verliebte sich sofort in die Insel, das Leben dort und in einen Mann. Nach kurzer Zeit kam sie wieder – und blieb. Heute hat sie drei erwachsene Kinder und den Alltag auf der Insel mit allen Höhen und Tiefen kennengelernt. Marisa sog nicht nur das zypriotische Leben in sich auf, sie brachte zusammen mit ihrem Mann den Ökotourismus nach vorn, baute einen Hotspot für Reiturlaub auf und bietet heute auch Yogagruppen ein Zuhause.

Mehr zum Wohnen in authentischen Dörfern unter www.cyprusvillages.com.cy und www.cyprusyogaholidays.com